Née en 1873 à Saint-Sauve[...] Gabrielle Colette y vit jusqu'à [...] Gauthier-Villars (dit Willy), à [...] écrit la série des quatre *Claudine* (1900-1904). Divorcée en 1906, elle devient mime tout en continuant à écrire — romans ou souvenirs : *Les Vrilles de la vigne, La Vagabonde, Dialogues de bêtes, La Retraite sentimentale, L'Envers du music-hall,* etc. Elle donne des articles au *Matin* dont elle épouse le rédacteur en chef, Henry de Jouvenel (1912). Elle divorce en 1924, se remarie en 1935 avec Maurice Goudeket.

Membre de l'Académie royale de Belgique (1936) et de l'Académie Goncourt (1944), elle meurt à Paris en 1954. Par son style et l'ampleur de son œuvre, elle se classe parmi les meilleurs écrivains du XXe siècle.

ŒUVRES DE COLETTE

Dans Le Livre de Poche :

CLAUDINE À L'ÉCOLE.
CLAUDINE À PARIS.
CLAUDINE S'EN VA.
CHÉRI.
LA CHATTE.
LA MAISON DE CLAUDINE.
LE KÉPI.
JULIE DE CARNEILHAN.
L'INGÉNUE LIBERTINE.
LA VAGABONDE.
GIGI.
MITSOU.
SIDO *suivi de* LES VRILLES DE LA VIGNE.
LE PUR ET L'IMPUR.
LE VOYAGE ÉGOÏSTE *suivi de* QUATRE-SAISONS.
PRISONS ET PARADIS.
LE FANAL BLEU.
L'ENTRAVE.

COLETTE
DE L'ACADÉMIE GONCOURT

Bella-Vista

suivi de

Trois... Six... Neuf...

FAYARD

© J. Ferenczi et Fils, 1937, pour Bella-Vista.
© Éditions Buchet/Chastel, 1970, pour Trois... Six... Neuf...

BELLA-VISTA

C'est folie de croire que les périodes vides d'amour sont les « blancs » d'une existence de femme. Bien au contraire. Que demeure-t-il, à le raconter, d'un attachement passionné ? L'amour parfait se raconte en trois lignes : Il m'aima, je L'aimai, Sa présence supprima toutes les autres présences ; nous fûmes heureux, puis Il cessa de m'aimer et je souffris...

Honnêtement, le reste est éloquence, ou verbiage. L'amour parti, vient une bonace qui ressuscite des amis, des passants, autant d'épisodes qu'en comporte un songe bien peuplé, des sentiments normaux comme la peur, la gaîté, l'ennui, la conscience du temps et de sa fuite. Ces « blancs » qui se chargèrent de me fournir l'anecdote, les personnages émus, égarés, illisibles ou simples qui me saisissaient par la manche, me prenaient à témoin puis me laissaient aller, je ne savais pas, autrefois, que j'aurais dû justement les compter pour intermèdes plus romanesque que le drame intime. Je ne finirai pas ma tâche d'écrivain sans essayer, comme je le veux faire ici, de les tirer d'une ombre où les relégua l'impudique devoir de parler de l'amour en mon nom personnel.

Une maison, même lorsqu'elle est très petite, ne s'aménage ni ne nous adopte dans la huitaine qui suit l'échange des signatures. Comme dit l'homme sage et de peu de paroles qui fait des sandales à Saint-Tropez : « Il y a autant de travail et de réflexion sur les sandales pour l'âge de six ans que sur des sandales pour l'âge de quarante. »

Quand j'eus acheté dans le Midi, voici treize ans, le carré de vigne en bordure de mer, le panache de pins, les mimosas et la maisonnette, je les contemplai avec une sécurité expéditive de campeur : « Je débouclerai les deux valises, je mets le tub et le collier-douche dans un coin, la table bretonne et son fauteuil sous la fenêtre, le lit-divan et sa moustiquaire dans la pièce sombre. Là je dors, là je travaille, là je me lave. Demain, tout est prêt. » Pour la salle à manger, j'avais le choix entre l'ombre du mûrier et celle des fusains centenaires.

Ayant le nécessaire, c'est-à-dire l'ombrage, le soleil, les roses, la mer, le puits et la vigne, je faisais bon marché du superflu — ainsi je désignais l'électricité, le fourneau de cuisine, une pompe pour distribuer l'eau. De sages influences me détournèrent de laisser, à sa perfection rudimentaire, la petite maison méridionale, et je me résignai. Je prêtai l'oreille au convaincant entrepreneur, que j'allai voir chez lui.

Il souriait. Un mimosa des quatre saisons et des giroflées violettes, dans son jardin, agrémentaient les bancs de béton, les balustres debout en jeu de quilles, les drains et les malons disponibles, gardés par un très joli bouledogue bleu turquoise en céramique de Vallauris...

« Vous savez comme nous sommes ici, disait l'entrepreneur. Si votre villa vous fait besoin pour juillet-août, il faut venir un peu sur place ennuyer l'ouvrier... »

Je me souviens que je clignais des paupières, rudoyée par une lumière de mars crayeuse, un ciel à grands ramages blancs, et que le mistral secouait toutes les portes dans leurs cadres. Il faisait froid sous la table, mais un rayon, sur le devis haché de chiffres rouges, de pointillés noirs et de coches au crayon bleu, me brûlait le dos de la main. Je me pris à songer qu'une pluie tiède est, au printemps, bien agréable en Ile-de-France et qu'un appartement de Paris, clos, chauffé, jalonné de lampes à chapeaux de parchemin, ne connaît guère de rivaux...

Le Midi triompha. Aussi bien je venais d'essuyer bronchite sur bronchite, et les mots « chaleur... repos... grand air... » se firent les complices de l'entrepreneur souriant. Je décidai donc de chercher, assez loin du port auquel je me suis, depuis, si fort attachée, un lieu de repos d'où je viendrais — « un jour oui, un jour non », comme on dit en Provence — ennuyer un peu l'ouvrier, et qui me permît de fuir le plus épuisant des plaisirs, c'est-à-dire la conversation.

Grâce à un peintre décorateur qui prend des vacances solitaires et se rend, à la Greta Garbo, méconnaissable sous les lunettes jaunes et les chemises Lacoste, j'appris qu'une certaine auberge, excentrique l'été, paisible le reste du temps m'accueillerait. Mettez qu'elle s'appelait « Bella-Vista », il y a en France autant de Bella-Vista et de Vista-Belle que de Montigny. Vous ne la trouverez pas sur la Côte, elle a perdu ses propriétaires, presque tous ses charmes, et jusqu'à son ancien nom, que je tais.

C'est donc à la fin de mars que je mis dans

une valise le demi-kilo de papier bleu pervenche, le long pantalon de gros tricot, les quatre pull-overs, les écharpes de laine, l'imperméable doublé de tartan, bref l'équipement que requièrent les sports dans la neige ou le voyage au Pôle. Mes séjours dans le Midi, une tournée de conférences à la fin d'un hiver, n'évoquaient que Cannes aveuglé de grêle, Marseille et Toulon râpeux et blancs comme des os de seiches sous le mistral de janvier, des paysages bleu vif, vert clair, puis venaient des souvenirs de ventouses et de piqûres d'huile camphrée...

Ces décourageantes images m'accompagnèrent presque jusqu'à « l'hostellerie » que je nomme Bella-Vista et sur laquelle je ne donnerai que des précisions inoffensives, des portraits posthumes comme ceux de ses deux propriétaires, dont l'une, la plus jeune, est morte. A supposer que l'autre vive, Dieu sait dans quels travaux, claustrés, des doigts agiles, des yeux perçants emploient leurs forces...

Il y a treize ans, elles se tenaient toutes deux sur le seuil de Bella-Vista. L'une empoigna d'une main sûre ma terrière brabançonne par la peau abondante de sa nuque et de son dos, la déposa par terre et dit :

« Hello, chère petite chien jaune, vous est sûrement soif ? »

L'autre me tendit, pour que je descendisse de voiture, sa main ferme à grosse bague, et me salua par mon nom :

« Un quart d'heure de plus, madame Colette et vous la ratiez !

— Je ratais qui ?

— La bourride. Ils ne vous en auraient pas laissé, je les connais. Madame Ruby, quand tu voudras bien t'occuper d'autre chose que du clebs ? »

Elle avait un charmant accent de la place Blanche,

le hâle rouge et grenu des blondes sanguines, des cheveux teints aux racines grisonnantes, un rire spontané dans ses yeux bleu vif, des dents encore belles. Sa robe-blouse, en toile blanche, miroitait de coups de fer. Une personne éclatante, en somme, dont les détails vous sautaient aux yeux. Je ne lui avais pas encore parlé que je savais par cœur, si j'ose écrire, la plaisante forme de ses mains cuites au soleil et au fourneau, sa chevalière d'or, son nez petit, ouvert, son perçant regard qui attaquait droit le regard d'autrui et la bonne odeur de toile lessivée, de thym et d'ail qui refoulait son parfum parisien.

« Madame Suzanne, repartit l'associée américaine, vous est perdue dans l'opinion de Mme Colette, si vous est plus aimable pour elle que pour sa petite chien jaune. »

Sur quoi Madame Ruby agita, pour annoncer le déjeuner, une clochette de cuivre dont la voix rageuse mit ma chienne hors de ses gonds. Au lieu d'obéir à la cloche, je restais debout dans la cour, quadrilatère auquel manquait, comme à un décor de théâtre, un de ses côtés. Juchée sur une modeste éminence, Bella-Vista tournait sagement le dos à la mer, offrait sa façade et ses deux ailes aux vents bénins et se contentait d'une vue bornée. De sa cour-terrasse, je découvrais la forêt, quelques cultures abritées et un tesson de Méditerranée sombre et bleu, coincé entre deux versants de collines...

« Vous n'est pas d'autres colis ?
— La valise, ma trousse de toilette, le fourre-tout, la couverture... C'est tout, madame Ruby. »

A entendre son nom, elle me sourit familièrement, appela une servante brune et lui désigna mes bagages :

« Appartement dix ! »

Mais si la chambre dix, au premier étage, envisa-

11

geait la mer, elle boudait mon exposition favorite, le sud-ouest, et j'optai pour une chambre de rez-de-chaussée qui s'ouvrait directement sur la cour-terrasse, non loin de la volière aux perruches, en face du garage.

« Ici, objecta Mme Ruby, vous est plus bruyant. Le garage...

— Il est vide, Dieu merci.

— Exact ! Notre voiture couche dehors. C'est plus commode que entrer, sortir, entrer, sortir... Alors, vous aime mieux le quatre ?

— J'aime mieux.

— All right. Ici est le bain, ici la lumière, ici pour sonner, ici placards... »

Elle ramassa ma chienne, la jeta adroitement sur le couvre-pieds à fleurettes.

« ... Ici chien jaune ! »

Et la chienne rit aux éclats, tandis que Madame Ruby, enchantée de son effet, pivotait sur ses semelles de caoutchouc. Je la regardai traverser la cour et la trouvai de la tête aux pieds telle qu'on me l'avait dépeinte, scandaleuse et sympathique, virile sans disgrâce, des hanches d'homme et les épaules carrées, bien sanglée dans de la ratine bleue et de la toile blanche, une rose au revers de sa veste. Pour la tête, ronde et de la plus belle forme qu'on puisse voir, moulée sous des cheveux de vermeil dédoré, blancs par place, collés au crâne avec une roide et provocante coquetterie, elle plaisait par les yeux larges et gris, le nez modéré, une grosse bouche à grosses dents épaisses qui semblaient indestructibles, un teint piqueté sur les pommettes. Quarante-cinq ans ? Plutôt cinquante ; le cou, dans la chemise de cellular ouverte, avait pris de l'épaisseur, et sur le dos des fortes mains les veines saillantes, la peau relâchée révélaient la cinquantaine, sinon davantage.

Sûrement, je montre Madame Ruby moins bien que je n'entendis Madame Suzanne la peindre, plus tard, en quelques mots irrités :

« Tu as l'air d'un curé anglais ! T'as tout de la sportive boche ! T'as tout de la gouvernante vicieuse ! On le sait, que t'étais institutrice américaine ! Mais c'est sûr que je ne t'aurais pas plus confié l'éducation de ma petite sœur que celle de mon petit frère ! »

Le jour de mon arrivée, je ne savais pas encore grand-chose des deux amies qui dirigeaient Bella-Vista. Un bien-être, plus imprévu qu'escompté, me retenait dans ma chambre numéro quatre, les bras croisés sur l'appui de la fenêtre. Je subissais, passive, la réverbération des murs jaunes et des volets bleus, j'oubliais ma chienne exigeante, ma propre faim et la bourride. En proie à cette sorte de convalescence qui suit les voyages fatigants et nocturnes, je faisais, du regard, le tour de la cour, j'accompagnais le balancement du rosier fleuri, au-dessus de ma fenêtre : « Déjà des roses... Et des arums blancs... Déjà le commencement des glycines... Et toutes ces pensées jaunes et noires... »

Un long chien prostré, dans la cour, avait battu de la queue au passage de Madame Ruby. Un pigeon blanc était venu piquer du bec le bout de ses souliers blancs...

De la volière venait le grincement émoussé, le langage égal et doux des perruches vertes, et j'aimais que ma chambre inconnue, derrière moi, fût imprégnée du parfum des lavandes, nouées en bottillons secs aux balustres du lit et dans le placard.

L'obligation de prospecter empoisonne les sites nouveaux. J'appréhendais la salle à manger comme fait le voyageur qui contemple le panorama d'une ville inconnue et songe : « Quel dommage qu'il me faille visiter deux musées, la cathédrale et les docks... » Car rien ne vaut pour lui le rempart tiède, ou le petit jardin de tombeaux, ou les douves anciennes comblées de lierre et d'herbe, et l'immobilité...

« Venez, Pati. »

La brabançonne me suivit avec dignité, parce que je n'avais pas redoublé son nom. Elle se nommait Pati quand il convenait qu'elle gardât son sérieux et moi le mien ; Pati-Pati lorsque sonnait l'heure de la promenade ; enfin Pati-Pati-Pati et davantage encore pour le jeu et toutes les folies. Ainsi nous avions accommodé son petit nom aux circonstances essentielles de notre vie. De même Madame Ruby se contentait du seul verbe auxiliaire être, qui supplantait tous les autres : « Vous est soif, vous est plus commode... » En traversant la cour, je rangeais déjà Madame Ruby dans une catégorie de gens actifs et un peu bornés, qui, dans une langue étrangère, apprennent aisément substantifs et adjectifs mais butent sur le verbe et ses conjugaisons.

Le chien prostré dressa, pour Pati, la partie antérieure de son corps ; elle feignit d'ignorer son existence, et il laissa retomber successivement ses épaules, son cou trop mince, sa tête trop grosse de lévrier bâtard. Une brise vive, plutôt froide, roulait sur le sable des pétales de giroflées, mais je sentis avec gratitude la morsure du soleil sur mon épaule, et un jardin invisible délégua par-dessus le mur le parfum qui défait tous les courages, l'odeur de l'oranger en fleurs.

Dans la salle à manger, qui n'était point monumentale mais basse, et soigneusement assombrie, une douzaine de petites tables égaillées, nappées de grosse toile basque, rassurèrent mon insociabilité. Point de beurre en coquilles, point de maître d'hôtel en frac noir-verdâtre, point de porte-bouquets parcimonieux contenant un anthémis, une anémone fatiguée, un brin de mimosa. Mais un gros dé de beurre glacé, et, sur la serviette pliée, une rose du rosier grimpant, une seule rose aux lèvres un peu roussies par le mistral et le sel, une rose que je serais libre d'épingler à mon sweater ou de manger en hors-d'œuvre. Je glissai, vers la direction amphisbène, un sourire qui manqua son but ; Madame Ruby, seule à une table, expédiait vivement son repas et Madame Suzanne n'était visible qu'en buste, chaque fois que le guichet de la cuisine, s'ouvrant, encadrait sa chevelure d'or et sa figure toute chaude, sur fond de bassines fourbies et de grils à poissons en forme de nasses. Nous eûmes, Pati et moi, la bourride bien veloutée, corsée d'ail généreusement, une forte part de cochon rôti à la sauge, flanqué de pommes-fruit et de pommes-légume, du fromage, de la confiture de poires vanillées, des amandes sèches, un carafon de « rosé » du pays, et j'augurai que trois semaines d'un tel régime répareraient les dégâts de deux bronchites. Le café versé, café banal mais très chaud, Madame Ruby vint et m'offrit inutilement la flamme de son briquet.

« Vous n'êtes pas fumeur ? All right ! »

Elle montra du tact en ne prolongeant pas la conversation, et d'un beau pas balancé s'en fut où l'appelaient ses fonctions.

Ma chienne se tenait sur une chaise en face de moi, assise dans le fond d'un bonnet de laine tricoté dont je lui avais fait cadeau. Pour la correction et le silence à table, elle en eût remontré à un enfant anglais. Réserve qui n'allait pas sans calcul ; sachant que la perfection de son attitude attirait non seulement la considération générale, mais encore des témoignages particuliers d'estime tels que « canards » imbibés de café et bribes de gâteau, elle multipliait les airs de tête, les jeux de prunelles, les ruses de la fausse modestie, de la gravité affectée et toutes les grâces terrières. Une sorte de salut militaire, inventé par elle, la patte de devant levée à la hauteur de l'oreille — qui était, si j'ose écrire, son *ut* de poitrine — déchaînait les rires et les ah! et les oh! et je dois reconnaître qu'elle en abusait parfois.

J'ai parlé ailleurs de cette chienne très petite, réduction de chien athlétique, le poitrail bien ouvert, cornue d'oreilles taillées, d'une santé et d'une intelligence à toute épreuve. Comme quelques chiens à crâne rond — bouledogues, brabançons, chiens chinois — elle « travaillait » seule, apprenait les mots par dizaines, mettait au net un emploi du temps, enregistrait les sons et leur attribuait sans erreur leur signification. Elle possédait un « code de la route » selon que le voyage s'accomplissait en chemin de fer ou en auto. Elevée en Belgique, auprès des chevaux, elle suivait passionnément tout sabot ferré, pour le plaisir de courir en ligne, et se garait des atteintes.

Subtile, elle savait naturellement mentir et simuler. Je l'ai vue, en Bretagne, imiter la tristesse courageuse et la joue enflée d'une pauvre petite chienne qui a été piquée par un frelon. Mais nous étions à deux de jeu, et d'une tape je lui fis cracher sa fluxion : un crottin d'âne bien sec, tout rond, qu'elle avait logé dans sa joue pour le rapporter à domicile et l'exploiter longuement.

De l'autre côté de la table, droite, rassasiée et moins touchée que moi-même par la fatigue, Pati faisait l'inventaire des choses et des gens : une dame et sa fille, sensiblement du même âge, la fille déjà décrépite et la mère encore jeune. Deux garçons en vacances de Pâques redemandaient du pain à chaque plat ; enfin un pensionnaire isolé, non loin de nous, me sembla quelconque, bien qu'il retînt l'attention de Pati. Par deux fois, la chienne, lorsqu'il adressa la parole à la servante brune, gonfla ses babines pour préparer quelque invective, puis garda le silence après réflexion.

Je ne me blâmais pas de demeurer assise, deux doigts de café tiède au fond de ma tasse, donnant un regard au rosier oscillant, un regard aux murs jaunes, aux copies de gravures anglaises ; un à la cour ensoleillée, un regard ici, un autre nulle part. Quand j'erre ainsi, molle, et que je ne me défends de rien, c'est signe que je ne m'ennuie pas, que mes forces s'agrègent sourdement, que je voyage comme une graine, signe que de brins, de fils, d'atomes, de fétus épars, je me refais un fragment, encore un, d'une sorte de jeunesse. Je pensais : « Si j'allais dormir ?... Si j'allais voir la mer ? Si j'envoyais une dépêche à Paris ? Si je téléphonais à l'entrepreneur ? »

Le pensionnaire qui n'avait pas l'heur de plaire à ma chienne se leva, parla à la servante brune : « Tout de suite, monsieur Daste », lui répondit-elle. Il passa près de ma table, fit un vague salut d'excuse, et dit à ma chienne quelque chose comme : « Huisipisi », en manière de plaisanterie. Sur quoi elle leva le poil de son dos jusqu'à ressembler à un rince-bouteille, et fit mine de lui mordre la main.

« Pati ! Tu es folle ?... Elle n'est pas méchante, dis-je à Monsieur Daste. Un peu protocolaire seulement. Elle ne vous connaît pas.

— Si, si, elle me connaît, elle me connaît », chuchota Monsieur Daste.

Il se pencha vers la chienne en la menaçant malicieusement de l'index, et la chienne manifesta qu'elle ne goûtait pas beaucoup d'être assimilée à un enfant turbulent. Je la retins, cependant que M. Daste s'éloignait en riant tout bas. Pour autant que j'y fis attention, c'était un homme plutôt petit, preste, un peu gris de partout, vêtements, cheveux, fin visage. J'avais remarqué son index délié, dont l'ongle brillait. La chienne grommela je ne sais quoi de désobligeant.

« Il faudra pourtant, lui dis-je, vous faire à l'idée que vous n'êtes pas ici dans votre village d'Auteuil. Ici, il y a chiens, oiseaux, peut-être poules et lapins et même chats ; tenez-le-vous pour dit. Maintenant, allons faire un tour. »

Madame Suzanne venait justement s'attabler à son repas bien gagné.

« Alors ? Ce déjeuner ? me cria-t-elle de loin.
— Parfait, Madame Suzanne. Un comme ça tous les jours — pas plus ! Nous allons le secouer un peu autour de la maison.
— Et la sieste ?
— Chaque chose en son temps. Le premier jour, je n'ai pas sommeil. »

Sa ronde personne me portait à converser par proverbes, sentences et faciles décrets de la sagesse populaire.

« Nous tenons le beau temps, Madame Suzanne ? »

Elle se poudra, lustra ses sourcils, fit claquer sa serviette en la déroulant.

« Un peu de vent d'est... Ici, c'est la pluie, si le vent ne saute pas. »

Elle eut une moue en vidant dans son assiette le ravier qui contenait la salade d'œufs durs.

« Pour la bourride, je peux toujours me brosser... Je m'en fiche, j'ai léché le mortier où j'ai fait la sauce. »

Son rire l'ensoleilla, et je me dis en la regardant qu'avant la mode des femelles maigres, c'étaient les Madame Suzanne, blondes, le sang sous la peau et les seins près du menton, qui étaient les belles femmes...

« Tous les jours la main à la pâte, Madame Suzanne ?

— Oh ! vous savez, j'aime ça. A Paris, j'ai tenu une petite boîte... Vous n'êtes jamais venue manger ma poule au riz, le samedi soir, rue Lepic ? Je vous en ferai une. Mais quel sacré foutu pays, passez-moi l'expression, que la Côte pour les provisions !

— Et les primeurs ?

— Les primeurs ? Laissez-moi rire. Tout est en retard sur la Bretagne. Des petites laitues de rien, des fèves... On commence à voir l'artichaut, à peine... Pas de tomates avant juin, sauf celles d'Italie et d'Espagne. En hiver, leurs mauvaises oranges, et les quatre mendiants en fait de fruits. Pour les œufs frais, on se bat dessus, et le poisson, alors !... Le plus heureux, c'est le pensionnaire des hôtels, au moins vous êtes au fixe. »

Elle rit, frottant l'une contre l'autre ses mains éprouvées par tous les travaux.

« Moi, j'aime le fourneau. Je ne suis pas comme Madame Ruby. Lucie, cria-t-elle vers le guichet, porte-moi le cochon et un peu de poires ! Madame Ruby, reprit-elle avec une considération ironique, son affaire ce n'est pas la cuistance, oh ! non... Ce n'est pas l'administration et la comptabilité, oh ! non... »

Elle laissa la moquerie et accentua la considération :

« Non, c'est... le chic et la manière. Meubler une chambre, dresser une table, recevoir le voyageur dans une hostellerie (elle prononçait l'*s*), elle a ça de naissance. Je reconnais et j'apprécie. J'apprécie. Mais... »

Une petite lumière coléreuse aviva les yeux bleus de Madame Suzanne.

« ... Mais je n'entends pas la voir traîner par là dans la cuisine, lever les couvercles des casseroles et faire l'empressée : « Madame Suzanne, tu sais « que tu es fait une lavasse de café ce matin ? « Lucie, vous est pas oublié de remplir les tiroirs « à glace du réfrigérateur ? » Ah ! non... Ah ! non... »

Elle imitait, à s'y tromper, la voix et la syntaxe de son amie, rougissait d'une irritation, d'une jalousie aux dehors enfantins, et se souciait peu de dévoiler ou de souligner ce qu'on nomme « l'étrange intimité » qui la liait à son associée. Elle changea de ton en voyant approcher Lucie, qui avait la bouche succulente et stupide, et un gros orage noir de cheveux frisés sur la nuque.

« Madame Colette, je fais ce soir une crème caramel spéciale pour Monsieur Daste, j'en ferai un peu plus si vous voulez ? Monsieur Daste n'aime que ce qui est doux, et les viandes rouges.

— Et qui est Monsieur Daste ?

— Un homme très bien... Moi, je crois ce que je vois, n'est-ce pas ? Un homme seul, d'abord. Un homme qui doit être célibataire. Vous l'avez vu, d'ailleurs ?

— Mal.

— Un homme qui joue le bridge et le poker. Et comme éducation, vous savez, il n'y a pas mieux.

— C'est une proposition de mariage déguisée, Madame Suzanne ? »

Elle se leva, me claqua sur l'épaule.

« Ah ! vous l'avez gardé, le genre artiste. Je monte dormir une demi-heure. C'est que je me lève à cinq heures et demie tous les jours, moi.

— Vous n'avez presque rien mangé, Madame Suzanne.

— Ça me fera maigrir. »

Elle fronça les sourcils, bâilla, souleva un des rideaux de gros tulle roux.

« Où est-ce qu'elle s'est encore cavalée, cette Ruby ? Vous m'excusez, Madame Colette ? Si je ne suis pas partout à la fois... »

Elle me planta là, et j'engageai ma chienne à faire le tour du pensionnaire. Un vent pointu nous enveloppa dès la terrasse, mais le soleil ne quittait pas, en face, mon petit perron à porte-fenêtre, ni la volière des perruches qui par couples s'embrassaient et jouaient à cache-cache dans leurs nids en tronc de bouleau, encore vides. Au pied de la volière se chauffait un lapin blanc. Il ne s'enfuit pas et fit à ma chienne un œil si guerrier et si rouge qu'elle alla uriner à l'écart pour se donner une contenance.

Au-delà des murs de la cour, le vent régnait. Pati coucha les oreilles et j'aurais rebroussé chemin vers ma chambre si je n'avais aperçu toute proche, serrée entre deux mamelons de forêt, la Méditerranée.

Je n'avais à cette époque qu'une connaissance rudimentaire de la Méditerranée. Comparée aux basses marées bretonnes, à leur humidité odorante, la mer la plus bleue, la plus salée, immuable et décorative, m'était de peu. Mais rien qu'à la flairer de loin, le museau camard de la brabançonne se mouilla et je n'eus qu'à suivre Pati jusqu'au bas d'une petite faille, comblée de verdures insensibles à l'hiver. Point de plage ; quelques roches plates, entre lesquelles une algue en queue de paon battait doucement de ses éventails immergés à fleur d'eau. La valeureuse chienne trempa ses pattes, goûta l'eau, approuva, éternua vingt fois et chercha ses crabes bretons. Nulle vague n'est moins giboyeuse que celles qui baignent la Côte, et elle dut s'en tenir à un plaisir touristique qui la mena de tamaris en lentisque, d'agave en myrte, jusqu'à un homme, assis sous des branches basses, qu'elle injuria. Je devinai qu'elle venait de rencontrer Monsieur Daste. Il riait d'elle, lui tendait l'index et lui disait : « Huisipisi », toutes démonstrations propres à offenser une chienne très petite, orgueilleuse et assoiffée d'égards.

Quand je l'eus rappelée, Monsieur Daste, qui ne s'était pas levé, s'excusa d'un geste et me désigna sans parler la cime d'un arbre. Du menton, je l'interrogeai :

« Des ramiers, me dit-il. Je crois qu'ils feront leur nid ici. Et un autre couple, à la limite du potager de Bella-Vista.

— Vous ne chassez pas, au moins ? »

Il leva les deux mains en signe de protestation.

« Moi, chasser ? Grand Dieu ! Vous ne me verrez jamais plus armé que je ne le suis en ce moment. Mais je les contemple. Je les écoute. »

Il ferma les yeux d'une manière amoureuse, comme un mélomane au concert, et j'en profitai pour le regarder. Il n'était ni laid ni difforme, seulement un peu médiocre, et construit comme pour n'attirer qu'un minimum d'attention. Aux cheveux bruns qui couvraient sa tête, les fils blancs se mêlaient aussi abondants, aussi bien répartis que dans la robe d'un rouan. Pour ses traits, c'étaient d'assez petits traits, un visage parcimonieux qui devenait plus caractéristique lorsque les paupières, longues, y demeuraient closes. Si je détaillais Monsieur Daste avec plus de soin qu'il n'en méritait, c'est que je crains toujours, lorsque le hasard m'amène à séjourner parmi des inconnus, de leur découvrir des monstruosités. Je les fouille du bout d'un regard ensemble aigu et dégoûté, comme on fait d'un tiroir de toilette dans une chambre d'hôtel : pas de vieux pansements ? Pas d'épingles à cheveux, de boutons cassés, de tabac en miettes ? Alors je respire et je n'y pense plus.

Sous la grande lumière de deux heures, Monsieur Daste moyen, sec et propre, n'avait ni loupe, ni eczéma visible, et je ne pouvais vraiment lui faire grief de porter, au lieu d'un pull-over, une chemise molle, blanche, bien cravatée. Je devins aimable :

« Pati, dis bonjour à Monsieur Daste. »

Je soulevai la chienne par sa peau trop large — la nature dispense, au brabançon de pure race, un grand métrage de peau, de quoi habiller environ un chien et demi — et la mis sur mon bras pour que Monsieur Daste appréciât le petit museau écrasé, le masque noir-brun et les beaux yeux bombés, sablés d'or. Pati ne tenta plus de mordre Monsieur Daste, mais je m'étonnai qu'elle se roidît légèrement.

« Pati, donne la patte à Monsieur Daste. »

Elle obéit en regardant ailleurs, tendit une patte molle et sans expression que Monsieur Daste secoua d'une manière mondaine.

« Vous êtes dans le pays pour quelque temps, Madame ? »

A cause du son de voix agréable, je donnai à Monsieur Daste quelques renseignements brefs.

« Nous autres bureaucrates, repartit-il, nous avons le choix entre trois semaines de vacances à Pâques, ou trois semaines en juillet. J'ai besoin de chaleur. Bella-Vista est abritée des vents froids. Mais la lumière très vive m'est pénible...

— Madame Suzanne vous prépare pour ce soir une crème au caramel. Vous voyez que je sais déjà beaucoup de choses ! »

Monsieur Daste ferma les yeux :

« Madame Suzanne a toutes les vertus — même quand les apparences semblent affirmer le contraire.

— Vraiment ?

— Je ris, dit Monsieur Daste, Madame Suzanne, même si elle la pratique, fait peu de cas de la vertu... »

Je crus qu'il voulait médire de nos hôtesses. J'attendais, pour mettre fin à notre entretien, le « elles sont impossibles ! » dont on m'avait déjà, à Paris, rassasiée. Mais il se contenta de lever une petite main prêcheuse :

« Qu'est-ce que les apparences, Madame, qu'est-ce que les apparences ! »

Il promenait son regard, marron foncé sauf erreur, attentivement sur la mer vide, où courait en vert sombre l'ombre des nuages blancs. Je m'assis sur l'algue sèche, arrachée à la mer et amoncelée en bancs par les dernières bourrasques d'équinoxe, et sagement ma chienne se serra contre ma jupe. L'odeur sulfureuse des algues, quelques coquillages brisés, la vague sans force qui naissait et mourait sur place, me donnèrent soudain une terrible envie de la Bretagne, de ses marées, des grands rouleaux malouins qui accourent du large et tiennent captifs, au sein d'une vague verdâtre, les constellations de méduses et d'étoiles à cinq branches, les bernard-l'ermite ballottés. Je souhaitai la rapide ascension du flux qui s'empanache d'embrun, désaltère la moule pâmée d'attente et la maigre huître de rocher, rouvre les calices des anémones de mer et des holoturies... La Méditerranée, ce n'est pas la mer...

Un geste vif de Monsieur Daste me détourna de mon ennui :

« Qu'est-ce qu'il y a ?

— Oiseau, dit laconiquement Monsieur Daste.

— Quel oiseau ?

— Je... je ne sais pas. Je n'ai pas eu le temps de le reconnaître. Un grand oiseau, en somme...

— Et vos ramiers, où sont-ils ?

— Mes ramiers ? Ils ne sont pas miens », dit-il d'un air de regret.

Il montra du doigt le bosquet derrière nous :

« Ils étaient là... Ils reviendront. Moi aussi. Ce bleu ardoise, ce beige délicat de leur plumage quand le vol les déploie en éventail... Cou-croûoûoûoû... Cou-croûoûoû, roucoula-t-il en se rengorgeant, les yeux mi-fermés.

— Vous êtes un poète, Monsieur Daste. »

Il rouvrit les yeux, surpris.

« Un poète... répéta-t-il. Oui, un poète. Voilà justement ce que je suis, Madame... Puisque vous l'avez dit. »

Peu d'instants après, avec une discrétion soulignée : « ...Quelques lettres à écrire... » Monsieur Daste me quitta et remonta vers Bella-Vista, d'un petit pas de bon marcheur qui rasait le sol. Avant de s'éloigner, il n'oublia pas de tendre l'index vers Pati et de lui dire : « Huisipisi » avec un son de bise. Mais elle semblait attendre cette taquinerie et ne souffla mot. Seules, nous errâmes toutes deux, longeant la mer sur un sentier de douane qui bordait la forêt broussailleuse de pins, de lentisques et de chênes-lièges. Pendant que je tentais, en me blessant les doigts, de cueillir pour ma chambre des genêts à longues épines, des sauges bleues, des cistes à corolles molles, le sommeil irrésistible me saisit, attrista la lumière, et nous remontâmes par la faille verte. Trois beaux mûriers anciens, depuis longtemps domptés et façonnés en parasols, ne cachaient pas encore le revers de Bella-Vista, car les feuilles des mûriers, si elles poussent vite, percent tardivement l'écorce couturée. Arbres, façade me parurent revêches ; une certaine heure d'après-midi me rend toutes choses ingrates. Je n'avais hâte que de m'enfermer, et la chienne de même.

Ma chambre, où le rouge et le rose pourtant abondaient, je ne l'aimais déjà plus. Où brancher une lampe qui éclairât la table et mon travail ? Lucie la brune, que je sonnai, m'apporta un bouquet de mignardises blanches, qui sentaient un peu la créosote à force d'embaumer l'œillet. Elle n'arrangea rien, mais s'en fut quérir Madame Ruby en personne. L'Américaine cligna son œil gris, jugea la situation, disparut et revint, bien fournie de lampe à chapeau de porcelaine verte, de fil électrique et d'outils. Elle s'assit en amazone sur le bord de la table, et travailla le mieux du monde, sa cigarette au coin de la bouche. Je regardais ses grandes mains adroites, ses gestes courts et efficaces et, sous les cheveux dédorés, une belle forme de tête, à peine gâtée par une nuque épaissie...

« Madame Ruby, vous devez être d'une adresse étonnante. »

Elle me fit son clin d'œil, à travers la fumée.

« Vous avez beaucoup voyagé ?

— Un peu partout... Excuse ma cigarette... »

Elle sauta à terre, fit jouer le bouton de la lampe.

« Et voilà ! Vous est clair pour travailler ?

— Parfait ! Bravo pour l'électricien !

— L'électricien est un viel bricoleur. Vous me signerez un livre ?

— Quand vous voudrez. Pour... ?

— Pour Miss Ruby Cooney, C, deux o, n, e, y. Merci. »

Je l'aurais volontiers retenue, mais je n'osai pas manifester ma curiosité. Elle roula sa petite trousse d'outils, passa sa main en ramasse-miettes sur la table pour essuyer quelque limaille, et sortit en levant deux doigts à la hauteur de l'oreille avec un chic de mécano.

Le sommeil est bon à toute heure, non le réveil. Un crépuscule de la fin de mars, une chambre d'hôtel que j'avais oubliée en dormant, deux valises béantes encore pleines... « Si je m'en allais ?... » Ce n'est pas un bruit aimable, ni même rassurant, celui que fait un doigt plié heurtant trois fois une porte mince...

« Entrez ! »

Mais ce n'était qu'un télégramme, quelques mots affectueux et hermétiques selon le code que l'amitié tendre inventa... Tout va mieux, tout va bien. Pati déchiquette la dépêche bleue, les valises se vident en un quart d'heure, l'eau est chaude, la baignoire s'emplit assez vite...

J'emportai, dans la salle à manger, un de ces carnets volumineux où nous prétendons noter ce qui ne souffre ni retard ni oubli. Car je voulais dès le lendemain « ennuyer l'ouvrier » dans ma petite maison. Lucie me versa une grande louche de soupe au poisson soutachée de spaghetti, s'enquit si je n'avais rien contre « les œufs, vous savez bien, qu'on les laisse tomber dans le plat, qu'on met le fromage dessus », et le demi-pintadon avec la crème-caramel.

A la fin du dîner, je n'avais noté, sur le carnet neuf, que « *Acheter un mètre pliant* ». Mais j'avais fait honneur au bon repas. Ma chienne, réconfortée, brillait de gaîté, souriait à Madame Ruby seule à sa table au fond de la salle, affectait d'ignorer la présence de Monsieur Daste. La mère encore jeune, derrière moi, toussait, à moins que ce ne fût sa vieille fille. Les deux garçons sportifs cédaient à la fatigue qui récompensait leur effort : « Pensez, me confia Lucie, le tour du cap à pied, vingt-six kilomètres, ils ont fait ! » De ma place, je sentais leur odeur d'eau de Cologne commune. Et, projetant d'abréger mon séjour, je notai sur le grand carnet : « *Acheter un petit carnet.* »

« Vous est vu le salon, Madame Colette ?

— Pas encore, Madame Ruby. Mais ce soir, j'avoue que...

— Vous voulez que Lucie vous porte une infusion dans le salon ? »

Je cédai ; aussi bien Madame Ruby tenait déjà sous son bras la chère petite chien jaune, qui se cacha de moi pour lui lécher rapidement l'oreille. Le salon regardait la mer, contenait un piano droit, un mobilier de rotin, et de faux sièges anglais confortables. En raison de la proximité de ma chambre, je toisai le piano avec appréhension. Madame Ruby cligna de l'œil :

« Vous aime la musique ? »

Sous sa main rapide, le piano s'ouvrit en haut, s'ouvrit en bas, démasqua bouteilles et shakers.

« C'est moi. J'ai fait toute seule. Vidé le piano comme un poulet ! Vous aime d'un alcohol ? Non ? »

Elle se versa et but sans ménagement, comme à la hâte, un verre d'eau-de-vie. Cependant Lucie m'apportait une de ces tisanes qui usurpent, je le croirai toujours, leur réputation d'être stomachiques, digestives ou calmantes.

« Où est Madame Suzanne ? demanda Madame Ruby à Lucie d'un ton contenu.

— Madame Suzanne finit le bœuf mode pour demain. Elle en est à verser le jus.

— All right. Laissez le plateau. Donnez un cendrier. »

Pendant que Lucie s'affairait à notre table, Madame Ruby, la cigarette aux dents, la suivait des yeux.

« Vous est trop de mèches dans le cou, ma fille. »

Sa grande main vive effleura le noir buisson de cheveux crépelés sur la nuque de Lucie qui tressaillit, heurta ma tasse pleine et se hâta de sortir.

Loin d'éviter mon regard, Madame Ruby chargea le sien d'une malice conquérante et qui soulignait indiscrètement le trouble de Lucie, au point que la femme-garçon cessa, pour un instant, de m'être sympathique. Un travers de mon esprit me porte à n'aimer point que l'amour, anormal ou normal, provoque l'attention ou l'imagination du spectateur. Madame Ruby se garda d'insister et s'en fut demander aux deux garçons fourbus s'ils désiraient quelque liqueur. Sa virile aisance dut les épouvanter, car ils battirent en retraite après avoir demandé s'ils pourraient « faire un peu de canot » le lendemain.

« Canoë ?... Je leur ai dit : « Nous est pas un club de suicidés, ici ! »

Elle souleva, sur la vitre noire, le rideau de filet. Mais la nuit close ne laissait voir, éclairées par le lustre, que l'armature des mûriers et leurs petites feuilles neuves, espacées, d'un vert lumineux.

« Dis voir, Madame Ruby... Demain, tu passeras chez Sixte en faisant les courses, pour nous reprendre des tasses à déjeuner, des mêmes, blanches et rouges. »

Madame Suzanne était derrière nous, encore échauffée d'avoir soigné le dîner et le bœuf mode, mais nette, de toile blanche vêtue, repoudrée, fleurant trop bon, et je la trouvai plaisante des pieds à la tête. Elle me sentit cordiale et me rendit sourire pour sourire.

« Vous vous reposez bien, Madame Colette ? Moi, vous savez, on ne me voit guère. Demain, j'en ferai un peu moins, mon bœuf mode est à la cave et la pâte à nouilles roulée au frais dans un torchon...

Madame Ruby, tu me rapportes douze tasses et soucoupes, cette gourdée de Lucie vient encore de réussir un doublé. Comme idiote, celle-là, elle n'en craint pas... Dis-moi donc, toi, tu as sifflé de la fine ? Pas plus d'un verre, au moins ? »

En parlant, elle dévisageait Madame Ruby, mais celle-ci, la tête un peu penchée, fermait à demi ses yeux gris et fuyait le regard accusateur. La soupçonneuse céda soudain, s'assit pesamment.

« Tu n'es qu'une vieille éponge... Aïe, mes reins !
— Vous est besoin de repos, conseilla Madame Ruby.
— C'est facile à dire... Ma meilleure fille de cuisine revient demain, expliqua Madame Suzanne. A partir de demain, je suis entière ! »

Elle bâilla, s'étira.

« A cette heure-ci, je ne pense qu'à mon bain et à mon lit... Madame Ruby, tu tâcheras de faire rentrer le lapin. Les perruches sont retirées sous l'auvent, et couvertes ? Tu prends Slough avec toi ? Ah ! et puis, demain matin, pendant que j'y pense...
— Yes, yes, yes, yes ! interrompit Madame Ruby excédée. Allez coucher.
— Non mais, à qui c'est que tu causes ? »

D'un air digne, Madame Suzanne nous souhaita une bonne nuit. Je lâchai la petite chienne un moment dans la cour, pendant que Madame Ruby sifflait, en vain, le lapin Baptiste. Plus tiède que le jour, la nuit murmurait. Trois ou quatre fenêtres éclairées, le ciel brumeux, étoilé par place, un cri d'oiseau nocturne au-dessus de ce lieu mal connu, nouèrent dans ma gorge l'angoisse sans profondeur, le désir de sanglot que je puis guérir aussitôt formés, bien contente encore qu'il me soit donné de savourer ces fruits de la solitude consciente.

Le lendemain matin, il pleuvait finement. Sous sa couverture pliée, l'œil éveillé de Pati immobile disait : « Je sais qu'il pleut. Rien ne presse. » Par ma fenêtre ouverte entraient l'humidité, qui m'est aimable, et le discret babillage des perruches dont la volière, montée luxueusement sur roues, avait été abritée sous l'auvent de tuiles.

Renonçant déjà à « ennuyer l'ouvrier » qui, quarante kilomètres plus loin, creusait mon sol, peignait mon mur, inhumait la fosse septique, j'appelai le café au lait et passai une robe de chambre.

Dans la cour, Madame Ruby, en imperméable et petit calot blanc, gantée, agile, sans chair superflue, chargeait sur sa voiture cageots et sacs vides. Tant de force insexuée, un si beau rythme équivoque m'inclinaient à excuser son mouvement de la veille. Aurais-je admis qu'un homme convoitât Miss Cooney ? Eussé-je trouvé convenable que Miss Cooney s'éprît d'un homme ?

Le lévrier raté prit place à côté d'elle. Au moment où l'auto, forte voiture usagée, démarrait, Monsieur Daste en robe de chambre, accourut et remit son courrier à Madame Ruby. Resté seul, il retraversa la cour avec précaution en fronçant le nez sous la pluie impalpable, perdit une pantoufle et secoua bizarrement son pied nu. Derrière moi, Lucie qui entrait me vit rire.

« Monsieur Daste n'aime pas la pluie, n'est-ce pas, Lucie ?

— Eh ! non, pour sûr ! Bonjour, Madame. Quand il pleut, il se rentre. Il joue la belote avec ces dames, il se fait la réussite. Madame prend son déjeuner sur table ou au lit ?

— Sur la table, je préfère. »

Elle poussa de côté mes papiers et mes livres, disposa le pot de café et ses satellites. Très douce, appliquée, elle remplissait son office sans impatience. Elle était lisse et ambrée, parée d'une abondance de cils et de cheveux, et d'apparence un peu craintive. A droite de la grande tasse, elle mit une rose mouillée.

« La jolie rose ! Merci, Lucie.
— Ce n'est pas moi, c'est Madame Ruby. »

Elle rougit avec feu, n'osa lever les yeux. Et je la plaignis en moi-même d'être la proie d'un trouble dont elle devait s'étonner et vaguement souffrir.

La pluie volante, immatérielle, plus printanière que le soleil sec de la veille, m'appelait au dehors. Loyale, la chienne voulut bien reconnaître que cette poussière d'eau, qui ne mouillait guère, excitait l'odorat et favorisait l'éternuement.

Sous l'auvent, Monsieur Daste faisait une petite promenade frileuse, trente pas, puis trente pas à rebrousse-chemin, et trente pas sans dépasser la marge sèche.

« Il pleut ! me cria-t-il comme si j'étais sourde.
— Si peu... »

Je m'arrêtai près de lui pour admirer les perruches abritées, leurs petits fronts de penseuses et leurs yeux qu'elles portent latéralement, très écartés, comme les bouledogues. A ma grande surprise, elles se taisaient toutes.

« Elles craignent la pluie à ce point ?
— Non, dit Monsieur Daste. C'est parce que je suis là. Vous ne me croyez pas ?»

Il se rapprocha de la cage ; quelques-unes des perruches prirent leur vol et se collèrent aux barreaux.

« Qu'est-ce que vous leur avez fait ?
— Rien. »

Il me riait de tous ses traits et jouissait de mon étonnement.

« Rien ?

— Absolument rien. C'est cela, justement, qui est intéressant.

— Alors, il faut vous en aller.

— Dès qu'il ne pleuvra plus. Tenez, celle-là, sur le perchoir d'en bas... »

Il glissa son index soigné entre deux barreaux de la volière et il y eut dans la cage un grand effarement d'ailes.

« Laquelle ? Il y en a trois pareilles...

— Pour vous. Moi, je la reconnais très bien. C'est la plus poltronne. »

Une des perruches, celle qu'il désignait, je pense, jeta un cri, et presque involontairement je rabattis d'une tape le bras de Monsieur Daste. Pati aboyait avec exaltation et Monsieur Daste recula d'un pas en secouant sa main. Etonné, il prit le parti de rire.

« Vous n'aviez qu'à laisser ces perruches tranquilles, dis-je mécontente. Ne les tourmentez plus. »

Son regard allait des oiseaux à moi, de moi aux oiseaux, sans que je pusse lire sur son visage, agréable mais où la laideur manquait autant que la beauté, autre chose qu'une surprise sans rancune et une gaîté que je jugeai hors de propos.

« Je ne les tourmente pas, protesta-t-il. Mais elles me connaissent. »

« La chienne aussi », pensai-je, en voyant l'arête de poils dressés, de la nuque à la queue, sur le dos de Pati. A l'idée que je devrais passer trois semaines en compagnie d'un maniaque, peut-être ennemi des bêtes, je m'assombris. Précisément, Monsieur Daste dédia à ma chienne son « huisipisi » et elle l'attaqua de tout son cœur tandis qu'il fuyait, comique et agile, les mains dans ses poches et les épaules remontées.

Mais la poursuite tourna en jeu autour de moi qui ne bougeais pas, et quand Monsieur Daste, essoufflé, s'arrêta, la chienne, comptant la trêve pour victoire, réclama mes félicitations et fit bonne mine à son adversaire.

Les jours qui suivirent, elle accepta, signal irritant de jeu, le « huisipisi » qui imitait la bise, mais elle grondait quand Monsieur Daste la désignait ou la provoquait de son index pointu, agressif et précautionneux. Bien calée sur mon avant-bras, le poitrail large, l'œil saillant, elle humait avec bonheur la fine humidité.

« Elle ressemble à un grand duc, dit rêveusement Monsieur Daste.

— Effrayez-vous aussi les chats-huants ? »

Pour mieux protester de son innocence, Monsieur Daste tira de ses poches, ses mains blanches et nues.

« Dieu non, Madame ! Ils m'intéressent, oui, ils m'intéressent, mais... je m'écarte, je l'avoue, je m'écarte d'eux. »

Il haussa les épaules jusqu'à ses oreilles, scruta le ciel où s'insinuaient entre les nuages un jaune diffus, un bleu pâle prometteurs de beau temps, et je partis à la découverte avec ma chienne.

L'euphorie que je gagne à troquer mon appartement citadin contre l'hôtel ne dure pas très longtemps. Outre que j'assombris mon séjour en y introduisant l'obligation de travailler et mes soucis ordinaires, je sais trop que l'irresponsable et flottante existence de l'auberge, lorsqu'elle n'est ni dissolue, ni soumise à un horaire inflexible, s'avilit toujours un peu, de par l'importance qu'usurpent des êtres qui, foncièrement, nous sont indifférents. A Bella-Vista, je n'avais le choix qu'entre une retraite de convalescente et la camaraderie de croisière. Bien entendu, je choisis la camaraderie. Surtout après ma première visite à la petite maison que j'avais achetée, et d'où je revins si détachée des biens immeubles, que j'allai confier ma déception à Madame Suzanne, en ne lui cachant pas l'envie que j'avais de revendre mon bout de terre. Elle m'écouta gravement, me posa des questions précises :

« C'est combien de mètres que vous avez ?

— De mètres ? Ça fait deux hectares, oui, à peu près. »

Elle me planta ses yeux hardis en plein visage.

« Mais, dites donc, c'est un bout !... Et qu'est-ce qui ne va pas ?

— Oh ! tout... C'est dans un état !

— Combien de pièces ?

— Cinq, si je compte la cuisine.

— Comptez-la, ça fait plus riche. Et vous avez la mer ?

— Les pieds dedans. »

Elle repoussa son livre de comptes et frotta sur ses paumes ses ongles vernis.

« Moi, à votre place... Mais je ne suis pas à votre place.

— Dites toujours, Madame Suzanne ?

— Moi, je verrais là un petit tourne-bride, le casse-croûte distingué, un dancing pépère sous les pins... Avec votre nom, ah ! mon petit, c'est de l'or.

— Madame Suzanne, ce n'est pas d'or que j'ai besoin, c'est d'une petite maison, et de repos.

— Vous raisonnez comme une enfant. Avec ça qu'on se repose sans or ! J'en sais quelque chose... Alors, ça n'avance pas à votre idée, votre cottage ?

— Je ne me rends pas très bien compte... Les maçons jouent aux boules dans l'allée. Et ils ont fait un joli petit camping près du puits, feu en plein air, soupe de poisson, saucisses grillées, des bouteilles de rosé au frais dans le lavoir... Et du bon rosé, ils m'ont offert un verre ! »

De gaîté, Madame Suzanne se renversa, se donna des claques sur les cuisses.

« Madame Ruby ! Viens écouter ça ! »

L'associée s'approcha, un napperon aux doigts, le médius coiffé d'un dé. Pour la première fois, je la voyais occupée d'une manière entièrement féminine et faisant usage de lunettes rondes à monture translucide. Gravement, elle brodait à fils tirés, pendant que Madame Suzanne résumait « les malheurs de Madame Colette ».

« Vous avez l'air d'un garçon qui coud, Madame Ruby ! »

Comme offensée, Madame Suzanne enleva le napperon des mains de son amie, me le mit sous le nez :

« C'est vrai que de broder ça lui va aussi bien qu'une plume dans le derrière, mais regardez, mettez l'article en main ! Si c'est perlé ! »

J'admirai les petites grilles régulières et Madame Suzanne demanda le thé pour nous trois. Un mistral irrésolu se taisait par instants, puis poussait un grand cri, soulevait en rond le sable blanc de la cour-terrasse, enterrait à demi les anémones et les pensées, se couchait derrière le mur et guettait.

Au cours de cette première semaine, je n'avais pas goûté un jour entier de chaud printemps, de vrai printemps, doux au corps et au cerveau qu'il baigne de lâcheté salutaire. Le départ de la dame en noir et de sa fille surie, après celui des deux garçons, donnait des loisirs aux associées. Je ne pensais qu'à m'en aller, mais en même temps je m'habituais. Ils ne sont jamais sans danger, les mystérieux attraits de ce que nous n'aimons pas. Qu'il est facile de demeurer dans un lieu sans âme, pourvu que chaque matin nous offre un loisir d'évasion !

Je connaissais l'horaire des cars qui sillonnaient, à trois kilomètres, la route nationale, et qui m'eussent déposée devant une gare. Mais mon courrier quotidien étanchait ma soif de Paris. Chaque jour, à l'heure du goûter, je quittais un travail embourbé et je rejoignais « ces dames » dans une petite pièce attenante au salon, qu'elles nommaient boudoir. J'entendais sur l'escalier de bois le pas léger de Monsieur Daste, qui descendait, friand de thé, d'une paire de galettes vivement pétries, cimentées par une couche de fromage ou de confiture, et servies brûlantes. Après dîner, je faisais ma partie dans un poker ou je jouais à la belote, et je me le reprochais. Ce qui est si facile n'est jamais inoffensif.

Du moins ma chienne goûtait un bonheur de chien de concierge et passait, le soir, de son bonnet-nid aux genoux de Madame Ruby. Elle notait et cataloguait les rites nouveaux, tendant l'oreille aux potins, le nez aux odeurs, et réagissait encore contre Monsieur Daste, mais plutôt en chienne savante qu'en ennemie-née.

« Madame Suzanne, qu'est-ce qu'on fait, dans ce pays, pour activer les ouvriers ? »

Elle haussa les épaules.

« Offrez une prime. Moi, je sais que je ne l'offrirais pas.

— Vous est pas mieux botter le train aux campeurs-maçons ? » suggéra Madame Ruby.

L'aiguille en l'air, elle élargissait une carrure qui n'était point d'une brodeuse de fin.

« Tt, tt, tt ! blâma Madame Suzanne. Verse-nous donc le thé, non pas que de faire le méchant. Madame Colette, buvez chaud, je vous ai entendue retousser ce matin en me levant sur les six heures.

— J'ai fait tant de bruit que ça ?

— Non, mais nous sommes mitoyennes. Votre penderie fait tambour avec notre... »

Elle s'arrêta court et rougit aussi vivement que l'eût fait une enfant maladroite.

« Notre appartement, proposa Madame Ruby, sans conviction.

— C'est ça, notre appartement. »

Elle posa sa tasse, jeta son bras sur l'épaule de Madame Ruby avec une expression indicible d'abandon.

« Ah ! ma pauvre vieille chérie, va ! Ce qui est dit est dit. Dix ans d'amitié, il n'y a pas de quoi rougir. C'est un bail. »

La brodeuse au veston de ratine lui dédia pardessus ses lunettes un regard d'entente.

« Je ne parlerais pas de ces choses-là devant le petit père Daste, bien sûr... Il ne va pas tarder à rentrer ?

— Il n'a pas déjeuné ce matin », remarquai-je.

Et puis j'eus honte de l'avoir remarqué. Petites observations, petites prévenances, malignités petites, affinement, mais abaissement des sens enregistreurs. On commence par se rendre compte de l'absence d'un Monsieur Daste et puis on en arrive à : « La dame de la table six a repris trois fois des haricots verts... » Horreurs, petites horreurs...

« Non, dit Madame Suzanne, il est parti de bonne heure chercher sa bagnole à Nice.

— Il a une voiture, Monsieur Daste ?

— Mais comment ! dit Madame Ruby. Il est venu ici par voiture et par accident. La voiture dans le fossé et petit père Daste un peu évanoui, avec un nid en côté de lui.

— Un quoi ?

— Un nid. Je pense le choc, qui est fait tomber le nid d'un arbre.

— C'est marrant, dit Madame Suzanne. Un nid ! On en voit !

— Il vous plaît, Monsieur Daste, Madame Suzanne ?

Elle ferma à moitié ses yeux bleus, souffla la fumée par sa bouche fardée et ses narines.

« Je l'aime bien, d'un sens. C'est un client propre. D'un autre côté, je ne peux pas le sentir. Mais je n'ai rien à dire contre lui.

— Un nid... répétai-je.

— Hein, ça vous frappe ? Et trois jeunes, même, qui étaient morts autour du nid.

— Des jeunes de quelle espèce ? »

Elle souleva ses rondes épaules.

« Vous m'en demandez trop. Lui, il n'a eu que des contusions, et depuis, il est ici. Ça fait quinze jours, Ruby ?

— Deux semaines, répondit hôtelièrement Madame Ruby. Il est payé sa deuxième avant-hier.

— Et qu'est-ce qu'il fait dans la vie, Monsieur Daste ? »

Aucune des deux amies ne répondit tout de suite, et leur silence m'obligea à remarquer leur incertitude.

« Ben, dit Madame Suzanne, il est chef de bureau au ministère de l'Intérieur. »

Les coudes sur les genoux, elle se balançait, et ses yeux attachés aux miens semblaient attendre une protestation.

« Ça vous paraît invraisemblable, Madame Suzanne ?

— Non, oh ! non... Mais je ne savais pas que ça grimpait si bien, un chef de bureau à l'Intérieur... Celui-là, pour grimper, il grimpe. »

Les deux amies se tournèrent ensemble vers la fenêtre que bleuissait l'approche de la nuit.

« Comment, il grimpe ?

— Dans un arbre, dit Madame Ruby. Nous l'est pas vu monter, nous l'est vu descendre. A reculons, petit peu par petit peu, comme ça... »

Elle mimait, de ses deux mains, une descente acrobatique le long d'un mât ou d'une corde à nœuds.

« Un grand arbre, dans le bois, vers la mer. Un soir, avant votre arrivée, un des jours où il faisait si chaud, si beau, vous n'est pas idée...

— Non, dis-je sarcastique, je n'ai pas idée. Depuis huit jours, votre temps me dégoûte. Alors, Monsieur Daste a voulu vous épater par son agilité ?

— Pensez-vous ! s'écria Madame Suzanne. Il ne nous a pas vues. Nous étions sous les tamaris... »

Elle rougit de nouveau ; j'aimais bien sa manière emportée de rougir.

« Madame Suzanne, dit avec flegme Madame Ruby, vous est mal embarquée dans votre histoire.

— Non, je ne suis pas mal embarquée ! Madame Colette me comprendra très bien ! Nous étions assises l'une à côté de l'autre ; moi je tenais Ruby sous le bras, comme ça ; on se sentait un peu ensemble, bien d'accord, et pas surveillées comme on est tout le temps dans cette boîte... »

Elle jeta un regard furieux du côté de la cuisine.

« Quoi, ça a son prix, un beau moment ! On n'a pas besoin de parler, ni de s'embrasser comme des pensionnaires. Est-ce que c'est si ridicule, ce que je dis ? »

Elle dédia à sa compagne un regard, un élan de loyal amour, et je lui répondis non de la tête.

« Nous étions donc là, reprit-elle, et j'entends du bruit dans un arbre, trop de bruit pour que ce soit un chat. J'ai eu peur. Moi, n'est-ce pas, je suis brave, mais je commence toujours par avoir peur.

Ruby me fait signe de ne pas bouger, alors je ne bouge pas. J'entends des semelles qui raclent et puis « pouf » par terre, et nous reconnaissons petit père Daste, qui se frotte les mains l'une contre l'autre, essuie ses genoux de pantalon et qui remonte vers Bella-Vista. Qu'est-ce que vous en pensez ?

— C'est drôle, dis-je machinalement.

— C'est même assez rigolo, je trouve », renchérit-elle sans rire.

Elle se versa une seconde tasse de thé, changea de cigarette. Madame Ruby brodait, les doigts agiles et le buste droit. Pour la première fois, je pris garde que, retirées de leurs occupations habituelles, les deux amies ne paraissaient ni heureuses, ni même paisibles. La sympathie de premier abord qu'inspirait l'Américaine, je ne pensais pas à la lui reprendre, mais, dix jours écoulés, je commençais à réfléchir que Madame Suzanne méritait plus d'intérêt, d'attention, non seulement par la chaude jalousie indiscrète qui l'enflammait à tout propos, mais par une sorte de vigilance protectrice, une manière de s'interposer entre Ruby et tous les risques, entre Ruby et tous les soucis. Elle la chargeait des tâches faciles, qu'un subalterne eût pu remplir, l'envoyait à la gare et chez les fournisseurs. Avec une parfaite dignité corporelle, Madame Ruby menait l'auto, débarquait les cageots de légumes et d'œufs, coupait des roses, nettoyait la volière des perruches, offrait son briquet. Puis elle croisait ses jambes sèches, gantées de grosse laine, et se consacrait à un illustré américain ou anglais. Madame Suzanne ne lisait pas. Parfois, elle cueillait sur une table une feuille régionale : « Fais voir *L'Eclaireur ?* » et la rejetait cinq minutes après. Je commençais de priser ses caractéristiques repos d'illettrée, sa manière active et intelligente de ne rien faire, de regarder autour d'elle, de laisser éteindre sa cigarette. Un désœuvré authentique ne laisse jamais éteindre sa cigarette.

Madame Ruby rédigeait aussi le courrier, au besoin dactylographiait en trois langues. Mais Madame Suzanne l'« inspirait », disait-elle, et Madame Ruby, hochant sa belle tête d'alezan lavé, acquiesçait... L'heure du thé faisait à Madame Suzanne le cerveau clair, et devant moi elle communiquait ses décisions. Confiance ou vanité, elle ne dédaignait pas de me faire ainsi savoir que sa clientèle d'été, dépensière, excentrique, exigeait encore plus d'isolement que de confort, et préparait de loin ses séjours à Bella-Vista.

« Madame Ruby, dit en sursaut Madame Suzanne, et comme répondant à une agression brève de mistral, tu n'as pas fermé la barrière sur la route, au moins ? Des fois que petit père Daste ne la verrait pas et qu'il l'enfonce avec sa voiture ?

— J'ai demandé à Paulius d'allumer le petit phare à six trente.

— Bon. Et dis-moi donc, Madame Ruby, il faut répondre à nos deux types du mois d'août. Ils veulent leurs deux chambres d'habitude. Mais fais bien attention que la princesse et son masseur veulent aussi des chambres en août. J'ai réfléchi. Nos deux coquines boches, et la princesse, et la Fernande et son gigolo, c'est toute une clique qui ne se cause pas. Mais ils se connaissent, et pas d'hier, et ils ne peuvent pas se sentir. Alors, Madame Ruby, tu vas premièrement écrire à la princesse... »

Elle s'expliqua longuement, fronçant ses sourcils renforcés au crayon. Elle usait du « Madame » et du tutoiement avec une pompe bourgeoise et conjugale. Tout en parlant, elle promenait son regard sur son amie comme l'eût pu faire une nurse soucieuse de sa charge, qui scrute les petites oreilles compliquées, les paupières et les narines d'un enfant très bien soigné. Elle lui coucha sur le front une mèche argentée, rectifia sa cravate, aplatit le col, pinça sur la veste un brin de fil blanc.

L'expression de son visage, fatigué et qui ne luttait pas à ce moment-là contre la fatigue, me parut bien loin de tout pervers souci ; je donne ici au mot « pervers » sa signification banale. Elle me vit attentive et me sourit bonnement, en adoucissant l'éclat, souvent dur, de ses prunelles bleues.

« Je ne vous apprends pas, me dit-elle, que notre clientèle est assez spéciale, l'été, puisque c'est Greningue qui vous a donné notre adresse. A Noël, à Pâques, vous voyez, personne. Mais revenez en juillet ; là, vous serez servie, comme documentation. Vous vous rendez compte qu'avec dix chambres en tout et pour tout, nous sommes forcées de cherrer un peu sur les prix ; notre vraie saison dure trois mois. Oh ! je vous ferais rire... L'été dernier, qu'est-ce que nous voyons arriver ? Un vieux petit ménage — j'entends mari et femme — cent soixante ans à eux deux, menus, menus, avec un vieux valet de chambre qui tombait en ruine, et qui demandent à visiter des chambres, comme si j'étais un palace.
« — Il y a erreur, que je leur fais gentiment ; ici,
« vous savez, c'est une hostellerie qui a son genre. »
Ils ne voulaient pas s'en aller. J'insiste, je cherche des mots pour me faire comprendre, des mots de l'ancien temps : « Un genre, que je dis, un genre
« un peu cascadeur, un peu ohé ! ohé ! Vous ne
« pouvez pas rester ici. » Savez-vous ce qu'elle me répond, la petite grand-mère : « Et qui vous dit,
« Madame, que nous ne voulons pas cascader, nous
« aussi ? » Ils sont partis, naturellement, mais elle m'a bien eue !... Madame Ruby, tu sais l'heure qu'il est ? Lâche un peu tes jours Venise. Je n'entends rien dans la salle à manger, la cour n'est pas éclai-

rée. Qu'est-ce que pense donc le personnel ?

— Je vais demander à Lucie, dit Madame Ruby qui se mit promptement debout.

— Non ! cria Madame Suzanne. Puisqu'il faut que je voie au dîner ! C'est pas après toi qu'il attend, je crois, le gigot bretonne ? »

Elle frémissait d'une colère brusque. En contenant une envie d'injurier dont sa bouche tremblait, elle fit une sortie précipitée qu'interrompit un bruit de moteur, et les phares d'une automobile tournèrent dans la cour.

« Petit père Daste, annonça Madame Suzanne.

— Il est pas pu éteindre ses phares pour entrer, celui-là ? » dit Ruby.

Pati, réveillée en sursaut, s'élança vers la porte-fenêtre, par protocole plutôt que par antipathie, et le souffle sec du mistral entra en même temps que Monsieur Daste. Il se frottait les mains, et son visage impersonnel portait, enfin, un signe particulier : une petite plaie fraîche de forme triangulaire, au-dessous de l'œil droit.

« Hello, monsieur Daste ! Vous est blessé ? Caillou ? Une branche ? Une attentat ? La voiture est souffert ?

— Bonsoir, Mesdames, dit poliment Monsieur Daste. Non, non, la voiture n'a rien. Elle marche très bien. Ceci — il porta les doigts à sa joue — ne vaut pas la peine qu'on s'en occupe.

— Je vais toujours vous donner de l'eau oxygénée, dit Mme Suzanne qui s'était rapprochée et examinait de près la petite blessure bien incisée. Ne la couvrez pas, ça séchera plus vite. Un clou ? Un silex qui a volé ?

— Non, dit Monsieur Daste. C'est simplement un... un oiseau.

— Encore un ? » dit Madame Ruby.

Madame Suzanne se tourna vers son amie d'un air de réprimande.

« Quoi, encore un ? Ça n'a rien de bien étonnant.
— N'est-ce pas ? approuva Monsieur Daste.
— C'est plein d'oiseaux de nuit par ici.
— Plein, dit Monsieur Daste.
— Les phares les éblouissent, ils se jettent dans le pare-brise.
— Voilà ! conclut Monsieur Daste. Je suis ravi de retrouver Bella-Vista. Cette route de la Corniche, le soir... Quand on pense qu'il y a des gens qui s'y promènent pour leur plaisir ! Je ferai honneur au dîner, Madame Suzanne ! »

Pourtant, au dîner, nous vîmes que Monsieur Daste ne mangea rien, sauf l'entremets. Je le remarquai surtout à cause des encouragements que lui prodigua, de sa table, Madame Ruby :

« Hello, Monsieur Daste ! Vous est bon prendre des forces !
— Mais, répliquait courtoisement Monsieur Daste, je ne me sens pas débile, je vous assure ! »

De fait, sa modeste abstinence le parait des vives couleurs de la satiété. Il buvait de l'eau avec un air un peu enivré.

Sentencieuse, Madame Ruby levait sa grande main :

« Gigot bretonne est très bon contre hoiseaux, Monsieur Daste ! »

Je me souviens que ce soir-là nous fîmes notre premier poker. Mes trois partenaires aimaient les cartes et descendaient, pour mieux jouer, au fond d'eux-mêmes, laissant à ma disposition des visages désaffectés, dont je me divertissais mieux que du jeu. Je joue, d'ailleurs, fort mal le poker, et j'encourus plus d'un blâme. Je m'amusais de noter que Monsieur Daste n' « ouvrait » que contraint et forcé, mais les belles cartes lui donnaient des bâillements nerveux qu'il dérivait par les narines. Autour de sa petite blessure lavée, une zone meurtrie devenait déjà mauve et révélait la violence du choc.

Madame Ruby jouait dur, serrait sa bouche saillante, demandait les cartes et relançait par signes. Je m'étonnai de lui voir manier les cartes d'une main agile mais assez brutale, en employant un pouce que je n'avais pas cru si épais. Quant à Madame Suzanne, elle tenait l'arrêt, si je puis dire, comme un limier, ne montrait aucune émotion, filait la carte lentement avant de jeter son jeu d'un air détaché : « Bon pour moi ! »

La fumée, par bancs horizontaux, s'épaississait et je me reprochais, entre deux « tours », la veulerie qui me retenait là. « Peut-être suis-je encore un peu malade ? » me disais-je avec une sorte d'espoir...

Le mistral se tut soudain et le silence s'abattit sur nous si rudement qu'il éveilla la brabançonne endormie. Elle sortit de son bonnet tricoté et demanda clairement, de l'œil et de l'oreille dressée, l'heure qu'il était.

« Huisipisi, huisipisi ! » lui dit malignement Monsieur Daste.

Elle le dévisagea, flaira l'air qui l'environnait et posa ses deux pattes de devant sur la table. De là, en tendant son petit cou épais, elle atteignit juste les mains croisées de Monsieur Daste.

« Comme elle m'aime ! dit Monsieur Daste. Huisipisi... »

La chienne parut chercher, trouver, au bord de la manche de Monsieur Daste, un point précis, auquel elle attacha ses savants naseaux noirs, puis qu'elle goûta de la langue. Monsieur Daste la repoussa nerveusement.

« Elle me chatouille ! Madame Suzanne, vous faites trop longtemps votre prière à la chance, quand vous battez les cartes. Au jeu, au jeu !

— Monsieur Daste, pourquoi dites-vous toujours « huisipisi » à ma chienne ? Est-ce un maître-mot ? »

Il agita autour de son visage ses petites mains voletantes.

« La brise... dit-il. Le vent dans les sapins... Les ailes... Huisipisi... Ce qui vole... Même ce qui rase le sol d'une façon très.. très soyeuse, les rats...

— Bouh ! s'écria Madame Suzanne, j'ai une peur des souris ! Alors, vous pensez, un rat !... Au jeu, vous-même, Monsieur Daste ! Madame Colette, mettez au pot. Je crois que vous pensez plutôt à votre prochain roman qu'à notre petit poker. »

En quoi elle se trompait. Seule dans cette auberge équivoque qui se recueillait en attendant sa fructueuse débauche d'été, je savourais un état que je reconnaissais bien et qui complique d'agrément le regret aigu de mes amis, de mon logis, de ma vraie vie. Mais quel être ne se trompe sur le lieu de sa vraie vie ? Entre trois inconnus, ne respirais-je pas, sans bouger, l'air que je nomme, de par le vagabondage paresseux de la pensée, l'absence de tout poids amoureux, la vacance qui fait les matins ivres et légers, accable les soirs du besoin de s'abuser et de souffrir, — ne respirais-je pas l'oxygène même du voyage ? Tout ce qui est aimé vous dépouille. Les Madame Suzanne ne vous dérobent rien. A peine questionnent-elles, et sans appauvrir : « Combien de pages vous faites par jour ? Ce courrier que vous recevez tous les jours, et que vous écrivez, ça ne vous casse pas la tête ? Vous ne connaissez pas une dame-auteur, qui vit toute l'année à Nice, une grande avec un pince-nez ? » Les Madame Suzanne n'interrogent pas, elles se racontent. A moins qu'elles ne taisent farouchement quelque gros secret qui leur monte aux lèvres et qu'elles étouffent. Mais un secret est exigeant et nous assourdit de sa rumeur...

Bella-Vista, sur plusieurs points, avait de quoi me contenter. J'y sentais renaître de vieux caprices de solitaire, le prurit de l'heure du facteur, ma curiosité envers les passants qui ne versent point d'ombre durable, et j'avais de la sympathie pour le couple décrié d'amies. Séjour de bonne table et de mauvais travail, Bella-Vista, en outre, m'engraissait.

« Les quatre derniers tours de pot, décida Madame Suzanne. Monsieur Daste, vous donnez et ne donnerez plus. Après, je vous paie le champagne. Ça réveillera Madame Ruby, que je pense. On ne l'entend guère, ce soir. »

Un vif reproche jaillit de ses yeux bleus à l'adresse de son amie impassible.

« Vous m'est déjà entendue jouer le poker tue-tête ? »

Madame Suzanne ne répliqua pas et, dès le dernier tour, s'en fut chercher le champagne. Pendant qu'elle descendait, Madame Ruby se leva, fit craquer, en s'étirant, ses bras et ses solides épaules, ouvrit la porte qui séparait le boudoir de la salle à manger, tendit l'oreille vers la cuisine et revint. Elle semblait distraite, occupée d'un souci qui n'embellissait pas sa forte bouche et ternissait, sous un sourcil plus pâle que son front, ses larges iris gris. Ce soir-là, l'équivoque de tous ses traits, d'habitude assez troublante, tournait à son désavantage. Elle mordait l'intérieur de sa joue et maîtrisa son mâchonnement lorsque son amie remonta, essoufflée, une bouteille de « brut » sous chaque bras.

« C'est du tout vieux, annonça Madame Suzanne. Un reste de « six ». Je ne verse pas ça dans les gueules de clients d'été, vous pensez. Il n'est pas frappé, mais la cave est fraîche, et je ne sais pas si vous êtes de mon avis, c'est agréable, de temps en temps, un vin qui ne fait pas bloc de glace sur l'estomac. Madame Ruby, où y a-t-il une pince ? C'est ficelé à l'ancienne mode, ces fioles-là !

— J'appelle Lucie ? » proposa l'Américaine.

Madame Suzanne la regarda presque furieusement.

« Fous-lui un peu la paix, à Lucie ! D'abord, et d'une, elle est couchée. Ensuite, tu trouveras bien une pince quelconque dans l'office. »

Nous portâmes nos santés. Madame Ruby se jetait un gobelet de champagne magiquement, avec un coup de tête en arrière qui en disait long sur son habitude de boire. Madame Suzanne contrefit le souhait des buveurs du Midi : « A la bonne vôtre ! Sensible ! Mêmement ! » Monsieur Daste fermait les yeux, comme font les chats qui craignent, en lapant, de s'éclabousser. Assis en face de moi, au profond d'un des fauteuils anglais, il goûtait à petits coups le vieux champagne parfait dont les bulles, en crevant, exhalaient un lointain parfum de roses. En haut de sa joue blessée, autour de la petite plaie triangulaire, l'ecchymose qui se précisait me le rendait, je ne sais pourquoi, plaisant, moins strictement humain. J'aime qu'un fox-terrier ait une tache ronde au niveau de l'œil, que la chatte dite portugaise arbore une lune orangée, une mouche noire sur la tempe. Un gros grain de beauté, ou de rousseur, sur notre joue, quelque cicatrice nette et bien placée, les yeux légèrement inégaux, et nous sortons de l'anonymat humain...

Madame Suzanne inclina sur nos gobelets le col de la deuxième bouteille, montra avec considération le bouchon en forme de pied de cèpe, noir, réduit à une consistance de bois dur.

« Deux bouteilles à quatre. Une belle orgie ! On verra mieux que ça dans la maison, cet été.

— Tout de suite, si vous veux », dit promptement

Madame Ruby, en poussant son verre vide vers la bouteille.

Madame Suzanne fixa sur son amie un regard d'avertissement.

« De la modération, Madame Ruby. Tu serais bien aimable d'aller récupérer cette andouille de Slough. Enferme le lapin, si tu peux ! Tu as couvert les perruches ? »

A travers le grondement léger du vin dans mes oreilles, j'écoutais ces phrases rituelles, sortes de « comptines » dont je sais par expérience que le son, le fatal retour peuvent être, pour l'auditeur, la rosée attendue, une bénédiction insipide, à moins qu'elles n'aient le pouvoir du brandon imposé à une place déjà brûlée...

Mais, ce soir-là, j'étais toute bienveillance. Pati — que Bella-Vista engraissait aussi — roula pacifique jusqu'à la cour, et j'entendis avec gratitude la voix de Madame Ruby, qui, du dehors, annonçait le beau temps.

En me levant, je fis tomber de mes genoux mes lunettes et la clef de ma chambre. Au cours de leur chute, la main de Monsieur Daste les rencontra, les recueillit selon un calcul si rapide et si exact que j'eus à peine le temps de voir son geste. « Eh ! me dis-je, il n'est pas si humain, le grimpeur... »

Nous nous quittâmes tous sans plus de paroles, en personnes qui savent ne pas prolonger jusqu'à l'imprudence les plaisirs d'une gaîté et d'une cordialité superficielles. L'optimisme me tenant encore, je fis compliment à Monsieur Daste du bon aspect de sa petite blessure, sans lui confier qu'elle relevait le caractère, ensemble intelligent et fastidieux, de sa physionomie. Il parut enchanté, se rengorgea, et, pour lisser ses cheveux, se passa coquettement une main par-dessus l'oreille.

Lucie n'eut pas à m'éveiller, le lendemain matin. Lorsqu'elle entra portant le plateau et la rose, j'étais vêtue, debout sur mon seuil, et je contemplais le beau temps.

Il y a treize ans, je ne savais pas ce que c'était que le printemps, ni l'été, dans le Midi. J'ignorais cette conquête, cette irruption d'une saison sereine, cette durable entente que fondent la chaleur, le coloris et le parfum. Je me mis, ce matin-là, à désirer le sel de la mer sur mes mains et mes lèvres, et à songer à mon lé de terre où les ouvriers pique-niqueurs buvaient le rosé en mordant à même le saucisson d'Italie...

« Lucie, quel beau temps !
— Le temps de la saison. C'est pas dommage ! Il s'est bien fait attendre. »

En disposant sur la table le déjeuner et la rose quotidienne, la servante brune me répondait distraitement. Je la regardai, lui vis de la pâleur, un éclat chagrin, qui d'ailleurs l'embellissaient. Elle avait mis un peu de rouge sur sa belle bouche.

« Hello, Madame Colette ! »

Je répondis à Madame Ruby, tout de bleu vêtue, serrée dans sa jupe étroite, le béret basque incliné sur la tempe, qui chargeait ses cageots.

Ma chienne s'élança, lui fit son salut militaire, dansa autour d'elle.

« Vous est pas envie de venir avec moi ?
— Mais si !
— Pendant que je fais mes courses, vous donne des conseils utiles aux pioneers...
— Mais oui !
— Vous dites le maçon : « Cher ami ». Vous

dites le couvreur : « Ma gosse ». Vous dites le petit peintre : « Où vous est fait faire ce « chic blouse blanc que vous va si bien ? » Vous fais du charme, quoi ! Peut-être ça réussit.

— Ah ! que vous savez bien parler aux hommes, Madame Ruby ! Gardez Pati, je prends un pull-over et je viens... »

Je passai un instant dans la salle de bains. Quand j'en revins, Lucie et Madame Ruby, celle-ci plantée dans la cour, celle-là immobile dans ma chambre, se regardaient de loin, et la servante ne se détourna pas assez vite pour me cacher que ses yeux étaient pleins de frayeur, de douceur et de larmes.

Madame Ruby nous mena, vite et bien, à travers la forêt clairsemée, rousse encore des incendies annuels. Entre deux pinèdes verdissaient des enclaves, finement cultivées, de courges, de fèves tendres, des clôtures de cognassiers à larges fleurs roses. L'ail et l'oignon révérés haussaient leurs lances hors d'une terre légère, cendreuse, et la vigne croissante étirait ses cornes. Fraîcheur sans danger, subtile et neuve chaleur, l'air bleu de l'Estérel accourait à notre rencontre, mouillait le nez de la chienne, et sur la petite voie qui rejoignait la route nationale, je pouvais, au passage, en étendant le bras, toucher la feuille, les fruits déjà noués et pelucheux des amandiers...

« Le printemps est né cette nuit », dit Madame Ruby à mi-voix.

Nous n'avions, jusque-là, échangé que quelques paroles banales et je n'attendais ni ces derniers mots, ni le ton ému et bas qui les rendit presque indistincts. Ils ne demandaient pas de réponse, et je n'en fis aucune. Mon étrange compagne se tenait impassible au volant, le menton haut et son petit béret sur l'œil. Je jetai un regard à son profil ferme d'étrangère, au grain grossier et vermeil de sa peau. Une nuque de déménageur émergeait de son chandail. D'un coup de sifflet terrible, elle balayait de la route, pour la plus grande joie de Pati, les chiens farineux et vautrés, et blasphémait en anglais contre les nonchalants charretiers. « Le printemps est né cette nuit... » Un collégien amoureux d'une servante, une anguleuse et impudente femelle, prisonniers sous la même enveloppe équivoque, revendiquaient le droit de vivre, d'aimer, se haïssaient peut-être...

Nous longeâmes enfin la mer, où quelques baigneurs criaient de froid en battant l'eau, et nous traversâmes des villages artificiels, muets, roses, déserts, inutilement fleuris. Enfin, Madame Ruby me déposa devant ma demeure future. Elle fit un sifflement d'ironique considération, refusa de descendre et leva l'index à la hauteur de son sourcil pâle et rude :

« Je viens vous reprendre dans trois quarts d'heure. Vous pense c'est assez pour que toute votre maison est finie ? »

Elle désigna le rempart de briques creuses, le cratère de chaux éteinte, la dune de sable tamisé qui défendaient ma grille, et m'abandonna à mon sort.

Mais lorsqu'elle revint, je ne voulais plus m'en aller. A défaut des ouvriers unanimement défaillants, j'avais rencontré des arums blancs, des roses rouges, cent petites tulipes à calices pointus, des iris violets et des pittosporums dont le parfum endort la volonté. Penchée sur la margelle j'avais écouté tomber musicalement, dans l'eau, les gouttes d'eau filtrées par les joints du puits négligé, tandis que la chienne se reposait d'un premier contact avec un hérisson. L'intérieur de la maison ne ressemblait à rien de ce qui m'avait plu naguère. Mais dans le bosquet de pins, le vent balançait les feux de la résine liquide, en peu d'instants figés, ternis avant de choir. Les mimosas des quatre saisons, qui fleurissent sans repos, je ne les ménageai pas. Aussi jetai-je d'un geste de riche mon fagot de fleurs dans la voiture, sur les cageots d'artichauts primeurs, de fèves en cosse et de haricots fins qui chargeaient les sièges d'arrière.

« Personne ? demanda Madame Ruby.
— Personne ! Quelle chance ! C'était charmant.
— Nous aussi, à Bella-Vista, dans le commencement, nous disions : « Quelle chance ! Personne ! » A présent... »
Elle leva son menton de clergyman, lança la voiture.
« A présent, nous est un peu... blasées, un peu vieux toutes deux.
— C'est très beau, une amitié qui vieillit bien. N'est-ce pas ?
— Personne aime qui est vieux, dit-elle durement. Tout le monde aime qui est beau, qui est jeune... dangereux... Tout le monde aime le printemps... »
Elle ne parla guère qu'à la chienne pendant le retour. Je n'étais bonne, d'ailleurs, qu'à écouter, étourdie de tout ce que me versait, lumière, bien-être et somnolence, le soleil au plus haut de sa course. Les yeux fermés, j'étais sensible à la sonorité d'une voix qui n'abordait jamais l'aigu et nasillait dans un registre grave, agréable comme les notes les plus basses de la clarinette. Miss Ruby conduisait sans langueur, désignait à Pati des motifs de vitupération tels que petits ânes attelés, chiens et poules. Enthousiasmée, la chienne répondait à toutes les suggestions, bien qu'elles fussent formulées dans un anglais nasal.

« All right ! approuvait Miss Ruby. Vous est bon

d'apprendre l'anglais ! C'est devoirs de vacances. Look to the left, enormous, enormous goose ! Wah !...

— Wah !... » répétait la petite chienne debout, hors d'elle, les pattes de devant contre le pare-brise...

Des quelques jours qui suivirent, je ne me rappelle que le beau temps. Sur mes soucis et mes travaux, sur les lettres venant de Paris, sur la paresse épanouie des corps de métier qui, dans ma petite maison où je retournai peu après, effeuillaient la marguerite et chantaient, le beau temps élargissait une tache pourprée, bleue, dorée, une indulgence multicolore. Beau temps de jour et de nuit, rébellion, déjà orientale, contre les heures habituelles du sommeil, insomnies de minuit et siestes impérieuses de la vesprée... L'oisiveté a besoin, autant que le travail, de s'organiser heureusement : la mienne dort le jour, songe la nuit, veille quand l'aube point, ferme la persienne pour barrer le passage à la lumière ingrate d'après déjeuner. Dans les nuits noires, puis sous un premier quartier effilé et rose, les rossignols s'émurent ensemble, car il n'y a jamais de premier rossignol.

A ce sujet, Monsieur Daste nous dit des choses délicates, qui ne me touchèrent point. Car jamais je ne me souciai moins de Monsieur Daste que pendant la semaine du beau temps. Mes hôtesses elles-mêmes, je les voyais peu. L'importance éclatante de la saison les décolorait. Je perçus bien un petit incident de poker entre Madame Ruby et Monsieur Daste, un soir. Un incident plutôt mimé que dialogué, très bref, au cours duquel j'eus la vision d'une Madame Ruby qui, rougissant jusqu'au brun cuir, empoigna à deux mains les bords de la table verte. Sur quoi, Monsieur Daste se ramassa singulièrement. Il devint très petit et très compact et me fit l'effet, avançant et baissant le front, d'effacer ses épaules derrière sa tête — attitude qui convenait peu à sa raisonnable figure, à sa chevelure entre deux âges. Madame Suzanne, alors, posa la main sur la tête bien coiffée de son amie.

« Ma cocotte, allons, ma cocotte... » dit-elle sans élever la voix.

Avec ensemble, les deux adversaires retombèrent au ton de la cordialité, et la partie continua. Je me désintéressai, d'ailleurs, du différend et ne fis aucune enquête. Peut-être Monsieur Daste avait-il triché. Ou bien Madame Ruby. Ou tous les deux. Je me dis seulement qu'en cas de pugilat, je n'aurais pas misé sur la chance de Monsieur Daste.

Cette nuit-là, si je ne fais erreur, je fus réveillée par un grand hourvari des perruches. Comme il s'éteignit presque aussitôt, je ne me levai pas. Le lendemain, de très bonne heure, je vis Madame Ruby, toujours nette, blanche, bleue, la rose à la veste, debout près de la volière. Elle me tournait le dos et examinait attentivement, dans le creux de sa main, un objet qu'elle glissa ensuite dans sa poche. Je passai une robe de chambre et j'ouvris ma porte-fenêtre.

« Madame Ruby, vous avez entendu les perruches, cette nuit ? »

Elle me sourit, fit de loin un signe d'acquiescement, vint jusqu'au petit perron pour me serrer la main.

« Bien dormi ?

— Pas mal. Mais avez-vous entendu, vers deux heures du matin... »

Elle tira de sa poche une perruche morte, molle, l'œil bleu entre deux lisières de peau grise.

« Comment ! elles sont capables de s'entre-tuer ?

— Il faut croire, dit Miss Ruby, sans lever les yeux. Pauvre petit hoiseau ! »

Elle souffla sur les plumes froides qui s'écartèrent autour d'une déchirure exsangue. La chienne entendit se mêler de l'affaire et flaira l'oiseau avec l'expression d'égarement et d'érotisme qu'allument, chez tant d'êtres vivants, l'aspect et l'odeur de la mort.

« Pas de zèle, pas de zèle, petite chien jaune ! Vous commence sentir, sentir, et puis vous mange. Et toujours vous mange, après. »

Elle s'en allait, l'oiseau dans sa poche, lorsqu'elle se ravisa :

« S'il vous plaît, c'est mieux rien dire Madame Suzanne. Ni Monsieur Daste. Madame Suzanne est superti... superstitieux... Et Monsieur Daste est... »

Ses yeux bombés, gris d'agate, cherchèrent les miens :

« Il est... sensible. C'est mieux rien dire.
— Entendu. »

Elle me fit, de l'index, son petit salut, et je ne la revis qu'au déjeuner de midi.

Outre ses convives habituels, Bella-Vista accueillait une famille lausannoise, trois couples de campeurs pédestres. Leurs rücksacs, leurs petites tentes et la panoplie culinaire en aluminium, leur teint rouge et leurs genoux nus semblaient les emblèmes d'une foi inoffensive.

Entre les tables, Lucie, distraite, lasse et poudrée, portait l'omelette à la ciboule, la cervelle en beignets et la daube de bœuf.

Leur repas achevé, les campeurs déployèrent une carte. Avec une discrétion hôtelière et l'expression d'une vague répugnance peinte sur sa figure rubiconde, Madame Suzanne nous fit signe de venir prendre le café dans son « boudoir ». Elle exhalait son fort parfum, qui se mariait mal à celui de la daube, et elle apaisa le feu de son teint à l'aide d'une houppe géante, qui ne quittait jamais la poche de sa blouse blanche.

« Pouh ! soupira-t-elle en tombant assise. Qu'est-ce qu'ils se sont appuyé comme fricot, les Suissards ! Vous mangerez Dieu sait quoi, ce soir ; je n'ai plus rien. Moi, ces types-là, ça me fait peur. Aussi je m'accorde un petit cigare. Où c'est-il qu'ils vont déjà, Madame Ruby ? »

Madame Ruby désigna du menton le côté de la mer.

« Par là. Dans un hendroit qui n'est pas de nom, pourvu qu'il est au moins trente kilomètres.

— Et ils couchent sur la dure. Et ils ne boivent que de l'eau. Et c'est pour des cocos pareils que notre belle époque a inventé le chemin de fer, l'auto et l'aéroplane !. Alors !... Moi, pour coucher par terre, rien que l'idée des fourmis... »

Elle coupa d'un coup de dents et rôtit soigneusement son petit havane. Madame Ruby ne fumait que la cigarette.

« Hé, hé ! dit Monsieur Daste. Ne dites pas de mal du camping. Vous avez dû pratiquer bien des formes de camping, Madame Ruby ? Et vous portiez sans doute le plus-four, la chemise de laine et les souliers cloutés avec un autre chic que ces trois Suissesses, avouez-le ? »

Elle lui jeta un regard ironique, montra ses dents larges.

« J'avoue, dit-elle. Et vous, Monsieur Daste ? Camping ? Nuits sous la belle étoile ? Mauvaises rencontres ? Vous est cachottier, Monsieur Daste ! Dites pas non ! »

Monsieur Daste, flatté, appuya son menton sur sa cravate, lissa ses cheveux sur la tempe en passant sa main par-dessus son oreille et but coquettement une gorgée d'armagnac, qu'il avala de travers. Pris de toux suffocante, il reprit haleine sous la main cordiale de Madame Suzanne qui lui martelait les omoplates. Je dois dire que, rouge, les yeux mouillés et assombris de sang, Monsieur Daste était méconnaissable.

« Merci, dit-il en reprenant son souffle. Vous m'avez sauvé la vie, madame Suzanne. Je ne sais vraiment pas ce qui s'est mis en travers de mon gosier...

— Peut-être une plume », dit Madame Ruby.

Monsieur Daste tourna la tête vers elle par un très petit mouvement, suivi d'une immobilité complète. Madame Suzanne, qui tétait son cigare, s'agita, haussa le ton :

« Une plume ? Qu'est-ce qu'elle s'en va chercher, celle-là ? Une plume... T'es pas malade, Ruby ? Moi, enchaîna-t-elle avec verve, vous ne croireriez jamais ce que j'ai avalé, quand j'étais gosse... Un ressort de montre ! Mais alors d'une grosse montre, un serpentin en acier, mes enfants, long comme ça... J'ai avalé d'autres couleuvres, depuis le temps, et des plus grosses. »

Elle rit des dents et des yeux, bâilla largement.

« Mes enfants, je serais bien étonnée si vous me revoyiez avant cinq heures... Madame Ruby, tu t'occupes des Suissmen ? Ils emportent des sandwiches, pour dîner ce soir sur un frais tapis d'aiguilles de pin qui piquent les fesses.

— Bon, dit Madame Ruby. Lucie est fait les sandwiches ?

— Non, c'est Marguerite. Va voir qu'elle les plie dans du papier cristal. J'ai tout reporté sur leur addition. »

Elle éteignit brusquement le rire de ses yeux bleus, toisa son amie :

« J'ai envoyé Lucie dans sa chambre. Elle est souffrante. »

Sur ce mot elle quitta la pièce en roulant les épaules, la nuque fière et chargée d'intentions que je fus seule à lire, car Monsieur Daste, rapetissé, tendu, n'avait pas bougé, et Madame Ruby, avant de sortir à son tour, ne s'inquiéta ni de Monsieur Daste, ni de moi.

C'est à partir de ce moment-là que je m'aperçus que je ne me plaisais plus à Bella-Vista. Les murs safran et les volets bleus, la longue épaule basque du toit, les poutrelles normandes à fleur de crépi et les tuiles provençales, je me pris à les tenir pour maquillage prétentieux. Une certaine atmosphère troublée, la menace et l'inimitié qu'elle nourrit ne me peuvent retenir que si j'y mêle une passion personnelle. Ce n'est pas que je me repentisse d'éprouver, pour mes hôtesses, une sympathie en quelque sorte pendulaire, qui tantôt préférait Suzanne, tantôt Ruby. Mais, égoïstement, je les eusse voulues heureuses, sereines dans leur vieil amour maudit et fidèle, pimenté de querelles puériles. Or, je ne les voyais pas heureuses. Pour fidèles... La pâleur, la consentante douceur d'une brune servante me donnaient à réfléchir, et à condamner.

Quand je rencontrais Lucie, quand elle m'apportait le « déjeuner à la rose » vers sept heures et demie, il m'arrivait d'être aussi sévère pour Madame Ruby que pour Perdican abusant Rosette.

Le petit père Daste, grimpeur si mal récompensé d'étudier les oiseaux, je commençais à suspecter son mystère bureaucratique, sa cicatrice étoilée d'un emplâtre noir, et même ce que j'appelais sa sereine humeur de méchant homme. Une conversation avec Madame Ruby m'en eût peut-être appris davantage sur Monsieur Daste et la visible antipathie qu'il lui inspirait. Mais Madame Ruby ne recherchait aucun entretien particulier.

Je note que, vers ce moment, le temps changea de nouveau. Charriant de brèves ondées, le vent du sud-est amena sur nous, avec le crépuscule d'un long jour d'avril, une chaleur qui montait du sol comme d'une fournée de pain brûlant. Nous jouions aux boules tous les quatre. Madame Suzanne secouait ses manches de toile blanche pour se « faire de l'air », en soupirant :

« Si ce n'était pas que je veux maigrir !... »

Le jeu de boules est un beau jeu, comme tous les jeux dont la pratique peut révéler chez le joueur quelque trait de caractère. « Tireur » à ma grande surprise, Monsieur Daste, avant de lancer sa boule, la tenait cachée presque derrière son dos. Le bras, la petite main soignée et la boule surgissaient ensemble, et la boule cloutée fondait sur celle de l'adversaire avec un choc éclatant qui ravissait Monsieur Daste.

« Sur le crâne ! Et plein sur le crâne ! » s'écriait-il.

« Tireur » de l'autre camp, Madame Suzanne se classait à peu près au même niveau que moi qui « pointais » dans le camp Daste. Je pointe parfois très bien, parfois en mazette. Madame Ruby pointait à ravir, coulant sa boule, moelleuse comme une balle de laine, au plus près du cochonnet. Dédaigneuse de nos balles cloutées, Pati happait au vol et recrachait des éphémères innombrables, repoussés du rivage par l'approche d'un mur de nuages violet, sans trouée ni fêlure, qui marchait vers nous sur la mer.

« Mes enfants, je sens l'orage, je souffre dans la racine des cheveux ! » geignait Madame Suzanne.

Au premier éclair qui descendit, en ramilles d'un rose incandescent, jusqu'à la mer plate, Madame Suzanne poussa un grand « ha ! » et se voila les yeux.

Un souffle chaud joua tout autour de la cour, roula en couronnes et en spirales les fleurs fanées, les fétus et les feuilles, et les hirondelles tournoyèrent en l'air dans le même sens. Des gouttes pesantes, tièdes, s'écrasèrent sur mes mains. Madame Ruby, à grandes enjambées, gagna le garage où elle revêtit un ciré noir, et elle revint à son amie qui n'avait pas bougé. Toute blanche et les mains sur les yeux, la forte Suzanne s'inclina, faible et vacillante, sur l'épaule de Madame Ruby pareille à un sauveteur ruisselant.

L'étrange couple et moi, nous courûmes vers nos petits perrons jumeaux. Ayant enfermé Madame Suzanne dans son appartement, Madame Ruby s'élança au secours de diverses épaves, telles que le lapin sanguinaire et le stupide lévrier. Elle roula la volière dans le garage, cria des ordres aux deux filles de cuisine invisibles et à Lucie, pâle sur un seuil et environnée de ses cheveux déchaînés. Elle assujettit des portes battantes, gara les coussins des chaises-longues...

De ma fenêtre, j'assistais au branle-bas, que dirigeait l'Américaine avec un sang-froid un peu théâtral. Contre mon bras, ma chienne, exultante, suivait la manœuvre en attendant le conflit des éléments. Elle brillait particulièrement dans les circonstances exceptionnelles ; surtout, elle affrontait les grands orages, tandis qu'une bouledogue eût haleté de peur, essayé de mourir toute plate sous les franges d'un fauteuil... Chienne minuscule à gros cerveau, Pati fêtait la tempête de terre et de mer à la manière d'un joyeux pétrel.

Derrière moi les ténèbres violettes du ciel s'insinuaient, déchirées magnifiquement par chaque éclair, dans ma chambre rouge et rose. Un petit tonnerre à sons creux, répercuté par les collines, se décida à accompagner les éclairs, et une nappe de pluie écrasante, soudainement détachée du ciel, m'obligea à clore précipitamment ma fenêtre.

Il s'en fallait que la vraie nuit se fermât. Mais la nuit passagère de l'orage supprimait la fin du jour, et je m'assis assez maussade devant un travail commencé sans appétit, délaissé sans décision. La chienne, assagie dès que je m'occupais de paperasses, rongea ses ongles, écouta le tonnerre et la pluie. Je pense qu'elle et moi nous souhaitâmes, de toutes nos forces, Paris, nos amis urbains, le murmure tutélaire d'une ville...

Versée par une nue de dimensions médiocres et que le vent n'avait pas eu le temps d'effilocher, la pluie s'arrêta soudain. Tendue au surprenant silence, mon oreille saisit, de l'autre côté de la cloison, une voix haute, une autre voix plus basse, puis des récriminations pleurées. « Cette grosse Madame Suzanne, pensai-je, se mettre dans un tel état à cause d'un orage ! » De fait, elle ne parut pas au dîner.

« Madame Suzanne est souffrante ? demandai-je à Madame Ruby.

— Enervée... Vous est pas idée ce qu'elle est nerveuse.

— Le premier orage de la saison affecte les nerfs, dit Monsieur Daste à qui l'on ne demandait rien. Celui-ci est le premier... mais pas le dernier », ajouta-t-il en désignant, sur l'horizon, des lueurs palpitantes.

Je pensais, impatiente, à mon départ proche. Bella-Vista ne pouvait plus rien contre mon inquiète humeur. Je menai ma chienne dans la cour avant l'heure habituelle. Comme les enfants chaussés de neuf, elle pataugeait exprès dans les petits lacs de pluie, qui reflétaient quelques étoiles. Je dus me fâcher pour qu'elle se désintéressât d'un crapaud qu'elle voulait sans doute rapporter et joindre à ses collections parisiennes d'os de mammouth, d'antiques biscottes, de balles crevées et de pastilles au soufre. Monsieur Daste sapait mon autorité et excitait Pati de maints « Huisipisi ». Les parfums de la nuit, qui restait chaude, m'amollirent. Quels tropiques prodiguent plus d'orangers, de résines, d'œillets et de menthe mouillés qu'une nuit de printemps en Provence ?

Après avoir lu au lit, j'éteignis assez tard ma lampe, et me relevai pour mieux accueillir, en ouvrant largement ma chambre obscure, le peu de fraîcheur, le trop de parfum. Mais je m'avisai que je n'avais pas entendu rentrer Monsieur Daste. Et pour la première fois je trouvai déplaisant que les petits pieds agiles de Monsieur Daste se promenassent, par nuit noire, non loin de ma fenêtre ouverte et accessible. Je sais, par expérience, comment se forment une idée obstinée, une préoccupation, une frayeur, et je ne néglige pas de les ruiner dès leur état de larves. Divers moyens mnémotechniques, des rythmes musicaux me servirent à descendre au-devant d'un songe tout pointillé de caractères d'imprimerie, et je dormais lorsque s'ouvrit la porte-fenêtre qui donnait accès chez les hôtesses de Bella-Vista.

Je m'assis sur mon lit, et j'entendis à côté qu'une profonde poitrine aspirait, rejetait l'air. Je perçus aussi, dans le silence précurseur d'autres orages, le frôlement de deux pieds nus sur le perron voisin.

« Vous me fais crever de chaud avec vos nerfs, dit à mi-voix Madame Ruby. L'orage est parti. »

Le rectangle de ma fenêtre ouverte s'éclaira, et je compris que Madame Suzanne avait allumé le plafonnier de sa chambre.

« Imbécile, je suis nue », chuchota furieusement Ruby.

La clarté s'éteignit aussitôt.

« Trop tard. Daste est en face, dans la cour. »

J'entendis une exclamation étouffée, et le choc de deux pieds lourds atterrissant sur le parquet. Madame Suzanne rejoignait son amie.

« Où ça, qu'il est ?
— Contre le garage.
— C'est loin ?
— Pas pour lui. Ça lui est rien appris, d'ailleurs.
— Ah ! la la... Ah ! la la...
— Vous en faites pas, chérie. Allons, allons...
— Mon coco, oh ! mon coco...
— Taise-vous que j'écoute. Il ouvre la porte du garage. »

Elles se turent un long moment. Puis Madame Suzanne chuchota avec véhémence :

« Mets-toi bien dans l'idée que si on nous sépare, que si on vient ici pour te... »

Le sifflement léger de Madame Ruby commanda le silence. J'enfermai doucement dans ma main le museau de la chienne, qui avait grondé.

« Et si je tirais ? dit la voix de Madame Ruby.
— T'es pas fou ? »

A l'exclamation imprévue succéda une bousculade de pieds nus. Madame Suzanne, autant que je l'imaginai, refoulait son amie vers le fond de la chambre...

« Dis, Richard, t'es pas fou ? Ça ne nous suffit pas, nos emmerdements habituels ? C'était pas assez qu'il t'arrive de faire un gosse à Lucie, et à présent, tu lâcherais un pruneau sur Daste ? Tu pourras jamais te tenir, non ? Ah ! vous autres hommes, vrai... Allez, pas de blagues, rentre... »

La porte-fenêtre se referma, et tout se tut.

Je ne cherchai plus le sommeil, et mon étonnement passa vite. Avais-je même, au cri révélateur de Madame Suzanne, ressenti une surprise véritable ? Entre « Madame » Ruby, gaillard camouflé, guetté, et le méchant petit Daste, je considérais, émue, Madame Suzanne, sa vigilance, son prudent et dévoué cynisme.

Si le badaud contenté, en moi, s'écriait : « Quelle histoire ! » l'individu honorable s'apprêtait à garder l'histoire pour lui. C'est ce que j'ai fait, longtemps.

Vers trois heures du matin un nouvel orage, servi par une saute de vent, attaqua la côte et Bella-Vista, s'accompagna de tonnerre continu et d'un déluge oblique. Le temps de courir à mes papiers épars et noyés, j'eus mon vêtement de nuit collé sur le corps. La chienne suivait mes allées et venues, se tenait prête à ce qui viendrait : « Faut-il nager ? Faut-il courir ? » Je lui donnai l'exemple de la patience et de l'immobilité, et sous une écharpe que je lui façonnai en grotte, elle joua au naufrage, à l'île déserte, voire au tremblement de terre.

Tantôt sur fond noir, tantôt sur écran illuminé d'éclairs et de pluie, je regardais, je rectifiais le couple voisin, l'homme et la femme. Normaux, sans doute traqués, ils attendaient, couchés côte à côte, leur sort.

Peut-être l'homme prêtait-il son épaule à sa compagne, tandis qu'ils échangeaient des paroles d'anxiété. Je regardais la nuque, le pouce de « Madame » Ruby, sa joue et sa grosse lèvre si bien rasées. Je revenais à Madame Suzanne, je souhaitais bonne chance à la brave femelle, jalouse et protectrice, tremblante, prête à tout...

Une bruine grise, après le lever du jour, traîna sur les traces de la tornade, et le sommeil me surprit enfin. Aucune main ne frappa à ma porte, ne déposa sur ma table le déjeuner à la rose. Le silence exceptionnel m'éveilla, et je sonnai Lucie. Ce fut Marguerite qui vint.

« Où est Lucie ?

— Je ne sais pas, Madame. Mais je peux faire à sa place ?... »

Sous la pluie impalpable, la cour et ses rosiers arrachés à leur treillage avaient une figure d'octobre. « Le train, le premier train... Je ne resterai pas vingt-quatre heures de plus... »

Dans le garage béant, j'aperçus l'uniforme de toile blanche, les cheveux d'or faux de Madame Suzanne, et je la rejoignis. Elle était assise sur un seau retourné, et me laissa voir avec simplicité des yeux tout petits, un visage de commère triste, savonné par des pleurs récents.

« Tenez, me dit-elle. C'est du beau, n'est-ce pas ? »

A ses pieds gisaient les dix-neuf perruches mortes. Assassinées est un mot qui rendrait mieux le caractère frénétique de leur destruction, une sorte de mâchage particulièrement affreux. La chienne flaira de loin les oiseaux et se rangea derrière mes talons.

« La voiture de Monsieur Daste n'est plus dans le garage ? »

Les petits yeux gonflés de Madame Suzanne croisèrent les miens.

« Ni lui dans la maison, dit-elle. Parti. Après avoir fait ça, vous pensez... »

Elle poussa du pied une perruche décapitée.

« Si vous êtes sûre que c'est lui, pourquoi ne porteriez-vous pas plainte ? A votre place, je déposerais une plainte...

— Oui. Mais vous n'êtes pas à ma place. »

Elle posa une main sur mon épaule.

« Ah ! mon pauvre petit, porter plainte... Vous ne savez pas de quoi vous parlez... D'ailleurs, ajouta-t-elle, il a payé sa semaine. Ric et rac.

— Est-ce que c'est un fou ?

— Je voudrais bien le croire... Il faut que j'aille chercher Paulius, pour qu'il enterre tout ça... Vous désiriez quelque chose ?

— Rien de très spécial... Comme je vous l'avais fait prévoir, je vais partir. Demain, et même, sauf impossibilité, aujourd'hui...

— Comme vous voudrez, dit-elle avec indifférence. Aujourd'hui, si vous préférez. Parce que, demain...

— Vous attendez une arrivée, demain ? »

Elle mouilla de sa langue ses lèvres sans fard.

« Une arrivée ? Je me le demande. Celui qui me dirait où on en sera demain... »

Elle se leva avec un effort de vieille femme.

« Je vais dire à Madame Ruby de s'occuper de votre place dans le train... Marguerite vous aidera pour votre valise...

— Ou Lucie, elle a l'habitude de mes affaires. »

La commère triste et lavée de pleurs se redressa, rajeunit, brilla de colère :

« Désolée, Lucie n'est pas là. C'est fini, Lucie.

— Elle vous quitte ?

— Me quitter ? Et comment que je l'ai sortie, celle-là ! Il y a des états... intéressants qui sont loin de m'intéresser ! Vrai, qu'est-ce qu'il faut voir dans la vie de ce monde ! »

Elle s'en alla par l'allée boueuse, sa jupe blanche pincée à deux mains. Je ne m'attardai pas à contempler, éparpillée à mes pieds, l'œuvre accomplie par le monstre policé, l'accoutré d'apparence humaine, l'amoureux de la mort des oiseaux...

Madame Suzanne fit tout le possible pour satisfaire le désir, vif et un peu couard, que j'avais de quitter Bella-Vista le jour même. Elle n'oublia pas le billet de Pati, et insista pour m'accompagner jusqu'au train. Sanglée de noir, assise à côté de moi sur la banquette d'arrière, elle garda, durant tout le trajet, la raideur qui convenait aussi bien à une commerçante cossue qu'à une altière condamnée. Devant nous se dressaient le torse en forme de T de Madame Ruby, et sa belle tête coiffée du petit béret basque.

J'obtins à la gare que Madame Suzanne restât dans la voiture, derrière les vitres que brouillait une pluie fine. C'est Madame Ruby qui se chargea de ma plus lourde valise, qui m'acheta des journaux, m'installa de la meilleure grâce du monde. Elle faillit s'attendrir à cause de la « chère petite chien jaune » qui lui léchait l'oreille...

Mais je recevais ses soins avec quelque peu d'ingratitude, et un sentiment injuste, qui niait que son exceptionnelle aisance fût celle d'une fille-garçon, experte à faire rougir les femmes sous son regard plongeant. J'étais tout près de me reprocher qu'elles eussent pu me tromper, l'allure de ce gaillard sec comme hareng, sa dégaine de vieux sergent irlandais, qui, pour se réjouir le jour de la Saint-Patrick, se fût déguisé en femme.

GRIBICHE

JE n'arrivais pas avant neuf heures quinze. A cette heure-là, la température et l'odeur du sous-sol avaient pris déjà toute leur force. Je ne désignerai pas d'une façon précise le music-hall où je jouais, entre 1905 et 1910, un petit rôle dans une revue. C'est bien assez de rappeler que les loges d'artistes, au sous-sol, n'y avaient point de fenêtres ni de prises d'air. Le long des couloirs, percés régulièrement de cellules identiques, les portes demeuraient ouvertes en toute innocence dans notre quartier des femmes, les hommes — beaucoup moins nombreux qu'aujourd'hui dans les revues — campaient plus haut, presque à fleur de sol.

Quand j'arrivais, je tombais parmi des adaptées, qui occupaient leur loge depuis huit heures. Sous mes pieds, les degrés de l'escalier de fer résonnaient musicalement, les cinq dernières marches donnant chacune sa note d'harmonica : *si, si bémol, do, ré,* et *sol* une quinte en dessous... Refrain fidèle, que je n'oublie pas. Mais lorsque cinquante paires de talons grimpaient ou dévalaient en grêle selon les grands mouvements de figuration et de danse, les notes se mêlaient en une sorte de tonnerre aigu, dont les cloisons de plâtre, entre chaque loge, tremblaient. Un soupirail, à mi-chemin de l'escalier, marquait le niveau du rez-de-chaussée. Entr'ouvert parfois dans la journée, il laissait entrer les rampants poisons de la rue, et contre son grillage empâté de boue sèche se collaient, roulés par le vent, des lambeaux de papier aux ailes battantes...

En touchant le sol de notre cave, chacune de nous exhalait le slogan modéré de sa suffocation ; ma voisine d'en face, une petite Basquaise aux yeux verts, haletait un instant avant d'ouvrir la porte de sa loge, mettait la main sur son cœur, soupirait : « Ben crotte ! » puis n'y pensait plus. Comme elle avait la cuisse courte et le pied cambré, elle fixait à la gomme, sur sa joue gauche, un accroche-cœur, et portait le nom de Carmen Brasero.

Mlle Clara d'Estouteville, dite La Toutou, occupait la loge contiguë. Longue, blonde à miracle, mince comme les femmes ne le devinrent que vingt-cinq ans plus tard, elle remplissait le rôle, muet, de commère pendant la première moitié du deuxième acte. En arrivant, elle soulevait d'une main diaphane, sur ses tempes, ses lourds bandeaux d'or très pâle, et murmurait : « Ah ! sortez-moi de là, je vas claquer... » Elle secouait d'abord derrière elle, sans se baisser, ses souliers. Quelquefois, elle tendait la main, d'un geste où la cordialité n'avait que peu de part ; mais elle s'amusait du mouvement de surprise que ne retenait pas toujours une main ordinaire, comme la mienne, au contact de ses doigts étrangement fins et fondants. Un moment après son arrivée, une froide odeur dentifrice nous faisait savoir que la délicate artiste entamait sa demi-livre de pastilles à la menthe. Grosse, rauque, la voix de Mlle d'Estouteville lui interdisait les scènes de comédie, et le music-hall n'utilisait que son exceptionnelle beauté d'ange en verre filé. La Toutou s'en expliquait à sa manière :

« Moi, n'est-ce pas, en scène je ne peux pas dire les *a*. Dans un rôle, si petit qu'il est, c'est rare si tu ne trouves pas des *a*. Et comme je ne peux pas dire les *a*...

— Mais tu les dis ! » lui remontrait Carmen.

La Toutou laissait tomber sur sa camarade un regard bleu, sublime dans la bêtise, sublime dans le courroux, dans la perfidie et même dans les affres de l'indigestion :

« Voyons, mon petit, tu ne prétends pas en savoir là-dessus plus que Victor de Cottens, qui m'a essayée pour sa revue des Folies ! »

Lorsque sous son costume fait de ruisseaux de strass, qu'entr'ouvraient un genou teinté de rose, une hanche adolescente, la pointe d'un sein à peine formé, cette aurore chargée de givre montait vers la scène, elle croisait mon autre voisine, Lise Damoiseau, qui revenait d'incarner la Reine des Supplices, et qui relevait à pleins bras sa simarre de velours noir, sans souci de montrer ses jambes en manches de veste. Sur un cou en forme de tour, haut, légèrement élargi à sa base, Lise portait une tête construite des plus beaux matériaux noirs et blancs, un trésor de dents sans rivales entre des lèvres opulentes et tristes, des prunelles vastes, au centre d'une cornée un peu bleue, qui soutenaient et rejetaient la lumière. Ses cheveux profonds et huilés brillaient comme une rivière sous la lune. On lui confiait dans les revues les rôles maléfiques. Elle régnait sur l'Enfer des poisons, sur les Paradis maudits. Satan, Gilles de Rais, le Cauchemar de l'opium, la Décapitée, Dalila, Messaline prenaient les traits de Lise, artiste de peu de paroles, dont les costumiers dissimulaient habilement le petit corps sans mérites. Elle était loin, comme on dit, de s'en croire. Comme je lui faisais un compliment sincère, un soir, elle haussa les épaules, tourna vers moi le fixe éclat de ses yeux :

« Voui, dit Lise. La figure, ça va. Et le cou. Jusqu'ici, pas plus loin. »

D'un regard à la grande glace balafrée que chaque passante consultait avant de gravir l'escalier, elle se jugea avec rigueur et lucidité :

« Je serais l'idéal pour le coup en jupes. »

Après le dernier tableau apothéotique, Lise Damoiseau s'éteignait. Démaquillée, couverte de n'importe quoi de noir, elle remportait sa précieuse tête, son col altier cravaté de lapin. Sous le bec de gaz du trottoir, devant l'entrée des artistes, elle jetait encore quelque feu mal étouffé de prunelles et de dents, et disparaissait dans une bouche de métro.

Dans le corridor, il y avait encore Liane de Parthénon, haute blonde à gros os ; Fifi Soada, qui se vantait de sa ressemblance avec Polaire ; Zarzita, qui soulignait la sienne avec la belle Otero, se coiffait comme elle, outrait son accent, épinglait au mur de sa loge des portraits de la ballerine célèbre et les désignait en ajoutant : « Seulement, *moi*, je danse ! » Il y avait une petite Anglaise hors d'âge, séchée, à figure de vieille nurse, prodigieusement agile ; il y avait une Algérienne toute en fesses, Miss Ourika, pour les danses du ventre ; il y avait... il y avait... Leurs noms, que j'ai à peine connus, sont loin. Je n'entendais d'elles, au delà des loges les plus proches, qu'une animale rumeur, faite de grincement anglo-saxon, de bâillements et de soupirs de prisonnières, de blasphèmes machinaux et d'une chanson, toujours la même, ressassée par une voix espagnole :

Tou m'abais fait serment
Dé m'aimer tendrement...

Un silence, parfois, maîtrisait tous les bruits proches, faisait place au bourdonnement lointain de la scène, puis une des femmes se libérait du mutisme dans un cri, un blasphème machinal, un bâillement, un lambeau de chanson :

Tou m'abais fait serment...

Ai-je été, à cette époque-là, trop sensible à la convention de travail, de parade, de lumière, de vide cérébral, de ponctualité, de probité roide, qui régit le music-hall ? M'a-t-elle inspiré de le dépeindre dans mainte page, avec un amour vif et superficiel et ce qu'il entraîne de banale poésie ? Peut-être. Il me reste acquis que parmi six années de mon passé je puis encore me délasser entre ses monstres et ses merveilles. Là brillent la tête de Lise Damoiseau, l'insondable et radieuse imbécilité de Mlle d'Estouteville ; une Bouboule aux beaux seins qui pleurait, offensée, si on lui attribuait un petit rôle en robe montante ; le dos long, mollement vallonné, resplendissant, de je ne sais quelle Lola, Pepa, Concha... Là je rencontre tel gymnaste haut balancé, quittant, happant dans l'air les trapèzes nickelés, tel jongleur au centre d'un orbe de balles... Féerie et bureaucratie mêlées, je touche encore à volonté l'élément dense, limité, qui soutint mon inexpérience, borna heureusement ma vue et mes soucis pendant six années.

Tout n'y était pas joie, tout n'y était pas si pur que je l'ai décrit. Je veux parler aujourd'hui de mes débuts, d'une période où je n'avais encore rien appris, ni oublié, d'un milieu où je n'avais aucune chance de réussir, celui de la revue à grand spectacle. Quel étonnement ! Un seul sexe, noyant presque l'autre, régnant par le nombre, l'odeur, l'électricité monosexuées. Une foule féminine au sein de laquelle la tristesse se glissait barométriquement. Venue à la faveur d'une saute de vent, d'une molle pluie, l'humeur noire s'étalait, s'exprimait par larmes et injures, par une propension à mourir, des réflexes de peur et de superstition. Elle ne me gagnait pas, mais d'avoir fréquenté fort peu de femmes et souffert par un seul homme, je l'accueillais bien, et même je lui prêtais des vertus, alors qu'elle n'était qu'hystérie latente, neurasthénie d'ouvroir, telles qu'en manifestent les femmes parquées loin de l'autre sexe arbitrairement et inutilement.

Mon rôle, au programme, s'intitulait *Miaou-Ouah-Ouah, sketch*. En l'honneur de mes premiers « Dialogues de bêtes », les auteurs de la revue me confiaient le soin d'aboyer, et de miauler, le reste consistant surtout en un maillot mordoré et un petit pas de danse. Pour monter vers la scène et revenir, je passais devant la loge de la vedette — on disait l' « étoile » — personne distante, qui n'ouvrait sa porte qu'à des amis personnels, et ne longeait les corridors que flanquée de deux habilleuses commises à porter aigrettes amovibles, miroir à main, poudre et peigne, soutenir les volants. Elle n'a point d'affaire dans mon récit ; mais j'aimais suivre ou traverser la zone d'air qu'elle imprégnait d'un parfum fort à miracle, doux, sombre, un parfum pour belle négresse, duquel je m'étais éprise et dont je n'ai pu savoir le nom...

Un soir pareil aux autres soirs, revêtue de mon kimono pudique, j'avais fini d'apprêter, porte ouverte, mon visage et mon cou, et je chauffais mon fer à friser sur une lampe à alcool. Le petit pas pressé de Carmen Brasero — elle piquait du talon comme personne — sonna sur le ciment et s'arrêta devant ma loge. Sans me retourner, je lui souhaitais le bonsoir et reçus en réponse un conseil précipité :

« Cachez ça ! Commission d'incendie. J'ai vu les types en haut, j'en connais un.

— Mais tout le monde a une lampe à alcool dans les loges !

— Nature, dit Carmen. Mais cachez ça. Le type que je connais c'est un venimeux. Il fait ouvrir les valises. »

J'éteignis la lampe et la fermai, et d'un coup d'œil fis le tour de ma case nue.

« Où voulez-vous que je cache...

— Ah ! quelle dessalée ! Faut tout vous apprendre ? Je les entend qui viennent. »

Elle troussa sa jupe, pinça la petite lampe entre ses cuisses, tout en haut de ses cuisses, et s'en alla d'un pas délibéré.

« Ces messieurs de la Commission », au nombre de deux, parurent, touchèrent du doigt leurs chapeaux melons, furetèrent, sortirent, et Carmen Brasero revint. Elle repêcha, si j'ose écrire, ma lampe entre ses cuisses et la posa sur ma tablette.

« Voilà l'objet !

— C'est épatant, dis-je. Je n'aurais jamais eu cette idée-là. »

Elle rit, avec une gentillesse d'enfant vaniteux.

« Des cigarettes, mon réticule, une boîte de bonbons, je cache tout comme ça, et vous savez, rien ne tombe. Même un pain boulot, que j'avais volé, quand j'étais gosse. E' me secouait, la boulangère ! « Tu l'as jeté dans l'égout ? » qu'elle faisait. Mais je tenais mon pain boulot, serré dans mes cuisses, tout contre mon petit kik. A bien fallu qu'elle me lâche, cette boulangère. Mais pas contente ! C'est les muscles d'ici que j'ai très forts, à la jointure. »

Elle s'en allait, mais elle se ravisa, très digne :

« Ne confondons pas ! Ça n'a rien à voir avec le truc débectant des fathmas, leur danse de la bouteille ! Moi, mon muscle, c'est purement extérieur ! »

Je protestai qu'il n'y avait aucune erreur de ma part, et les trois plumes du chapeau de Carmen, dégradées du marron au beige, tout debout sur un immense plateau de paille bleue grand comme un guéridon, traversèrent, en tanguant, le couloir.

Cependant les rites s'accomplissaient. Le « Miracle des roses » traîna des caducées de fleurs poussiéreuses. Une escouade de gardes-françaises galopa vers l'escalier, heurtant aux murs des armes qui rendaient un son de boîtes à sardines vides.

Je pris mon tour après ces guerriers, puis je redescendis, rapportant dans mes cheveux un peu de la fumée de tous les tabacs du monde, et je m'assis, fatiguée par habitude et par contagion, devant la tablette fixée au mur. Derrière moi, quelqu'un entra et s'assit sur l'autre tabouret de paille. C'était une des gardes-françaises, brune autant que la couleur des yeux permettait d'en juger, et jeune. Sa culotte à demi défaite pendait sur son derrière ; elle respirait par la bouche avec force et ne me regardait pas.

« Vingt francs ! s'écria-t-elle soudain. Vingt francs d'amende ! Je suis au-dessus de vingt francs d'amende, Monsieur Remondon !... Ils me font rire. »

Elle ne rit pas, mais fit une grimace douloureuse qui montra, entre ses lèvres maquillées, ses gencives presque aussi blanches que ses dents.

« Vous avez eu vingt francs d'amende ? Pourquoi ?

— Parce que j'avais défait ma culotte dans l'escayer.

— Et pourquoi est-ce que vous aviez défait... »

Le garde-française me coupa la parole :

« Ah ! Pourquoi ? Pourquoi ? Celle-là, avec ses pourquoi !.., Parce que tant qu'on peut on peut, mais quand on ne peut plus on ne peut plus ! »

Elle s'appuya du dos au mur et ferma les yeux. J'eus peur de la voir s'évanouir, mais au grelottement d'un timbre elle sauta sur ses pieds.

« Crotte, c'est à nous... »

Elle s'enfuit, tenant à deux mains sa culotte ; je la suivis des yeux jusqu'au bout du couloir.

« Qui c'est, cette affolée ? » demanda languissamment Mlle d'Estouville, couverte de perles et cuirassée d'un cœur de saphirs.

Je levai les épaules en signe d'ignorance. Lise Damoiseau, qui passait sur ses traits superbes un sombre chiffon empesé de vaseline et de fards, parut sur son seuil :

« C'est une nommée Gribiche, qui est dans les ensembles. Du moins je crois.

— Et qu'est-ce qu'é faisait dans votre loge, Collettevili ? demanda Carmen avec hauteur.

— Mais rien... Elle est entrée... Elle a raconté que Remondon lui a collé un louis d'amende. »

Lise Damoiseau siffla d'un air critique.

« Un louis !... Dites donc !... Pour cause ?...

— Pour cause de déculottage dans l'escalier en sortant de scène.

— C'est cher.

— Il faudrait savoir si c'est vrai. Elle n'aurait pas plutôt un verre de trop ? »

Un cri de femme, aigu, d'une puissance prolongée,

lui retira la parole. Torchon au poing, une main sur la hanche, Lise s'immobilisa, pareille à la femme de ménage de l'Olympe.

Le cri, son expression d'urgence, sa force, tirèrent de leurs loges, à mi-corps, toutes les femmes qui n'étaient pas en scène. Leur désordre gardait une sorte de sens de l'ensemble. Comme la fin d'un spectacle approchait, quelques cache-corsets ornés de « jours », faufilés de petits rubans bleu pâle, remplaçaient déjà les kimonos imprimés de cigognes ; d'une tête penchée, une grande écharpe de cheveux rejetés sur une épaule pendait, et tous les visages regardaient du même côté. Lise Damoiseau ferma sa porte, noua un cordon autour de sa taille pour assujettir son kimono, et s'en alla aux nouvelles, l'anneau de sa clef passé en bague à son index.

Un bruit de semelles traînées annonça le cortège qui déboucha au bout du couloir. Deux machinistes portaient un corps ballant, un blanc mannequin, fluide et maquillé, qui leur glissait des mains. Ils marchaient lentement et se râpaient les coudes aux murs.

« Qui c'est ? Qui c'est ?
— Elle est morte !
— E' saigne de la bouche !
— Mais non, c'est son rouge !
— C'est Marcelle Cuvelier !... Ah ! non, c'est pas elle... »

Je reconnus la perruque poudrée à catogan du garde-française. Gribiche avait les yeux clos, l'abandon des mortes encore tièdes, une balafre de fard qui lui prolongeait la bouche d'un seul côté.

« J'ai mal au cœur », dit une voix.

Derrière les porteurs sautillait une petite femme coiffée d'un croissant de lune en paillettes, qui perdait un peu la tête, mais n'oubliait pas de se donner de l'importance et répétait en haletant :

« Je suis dans la même loge avec elle... Elle est tombée dans l'escayer jusque dans le bas... Ça l'a prise comme un étourdissement... Pensez, au moins dix marches...

— Qu'est-ce qu'elle a, Firmin ? demanda Carmen à l'un des porteurs.

— Eh ! j'en sais rien, répondit Firmin. Quelle gadiche qu'elle a prise ! Mais j'ai pas le temps de faire l'infirmière, mon transparent des Pierrots qu'est pas équipé là-haut !...

— Où c'est que vous la portez ?

— Dans un tacot, probable... »

Mademoiselle d'Estouteville, après leur passage, posa sa main sur son plastron de saphirs et défaillit à demi sur son tabouret de loge. Comme Gribiche, une sonnerie la remit debout, les yeux au miroir.

« J'en ai le rouge qui me tombe », dit-elle de sa grosse voix d'écolier.

Elle frotta de rose vif ses joues pâlies et monta. Lise Damoiseau, qui revenait, donna des précisions.

« Elle gagnait deux cent dix francs. Ça lui a pris comme un vertige. On croit qu'elle n'a rien de cassé. Firmin l'a tâtée, l'habilleuse aussi. C'est plutôt interne. »

Mais Carmen désigna, sur le dallage du corridor, une petite étoile de sang frais, et une autre, et encore d'autres régulièrement espacées. Lise pinça sa bouche aux commissures profondes.

« Tiens !... »

Elles échangèrent un regard de commères sagaces et n'ajoutèrent rien. La petite Croissant de Lune repassa devant nous, courant, boitillant et parlant :

« Ça y est, on l'a emballée dans un taxi. M. Bonnavent la conduit.

— Où, qu'il la conduit ?

— Chez elle. Je demeure dans sa rue.

— Et l'hôpital ?

— E' n'a pas voulu. Chez elle, elle a sa mère. L'air de dehors l'a fait revenir. Elle a dit qu'é n'avait pas besoin du médecin. C'est sonné pour *Dans la Lune ?*

— Et comment. La Toutou elle est montée. »

Le Croissant de Lune jura un bon coup et s'enfuit, effaçant sous ses talons pailletés les petites taches régulières.

Le lendemain, personne ne parlait de Gribiche. Mais au début de la soirée, le Croissant de Lune, essoufflée, vint confier à Carmen qu'elle lui avait rendu visite, et Carmen m'en informa sur le ton de l'indifférence.

« Alors elle va mieux ? insistai-je.

— Mieux si on veut. Elle a la fièvre. »

Elle parlait au miroir, attentive à tracer sur sa lèvre supérieure un peu plate, au-dessous du nez, un signe vertical au crayon bistre pour simuler ce qu'elle appelait « le pli de la chasteté ».

« C'est tout ce qu'a dit Impéria ?

— Non. Elle a dit aussi que ce n'est pas croyable la grandeur de leur chambre.

— La chambre de qui ?

— A Gribiche et à sa mère. Ces Messieurs de la direction ont envoyé soixante-dix francs.

— Quel drôle de compte ! »

Dans le miroir, les yeux verts de Carmen rencontrèrent durement les miens.

« C'est un compte pour Gribiche. Sept jours. Puisqu'on vous dit que c'est du deux cent dix francs par mois. »

Ma voisine se faisait sévère et méfiante chaque fois

que je donnais une preuve d'inexpérience, qui accusait ma condition d'étrangère et de novice.

« Ils ne lui donneront pas plus ?

— Rien ne les force. Gribiche n'est pas syndiquée.

— Moi non plus, dis-je.

— Le contraire m'aurait étonnée », remarqua Carmen, cérémonieuse et froide.

Le troisième soir, lorsque je m'enquis : « Et Gribiche ? » Lise Damoiseau haussa ses longs sourcils comme si j'avais manqué aux convenances.

« Colettevili, je vois que quand vous avez une idée dans la tête, vous ne l'avez pas ailleurs.

— Oh ! renchérit Carmen, vous la reverrez, *votre* Gribiche. Elle reviendra ici, faire l'intéressante.

— Elle ne l'est donc pas, intéressante ?

— Pas plus qu'une autre qui aurait fait pareil.

— Vous êtes jeune, dit Lise Damoiseau. Je veux dire jeune dans le métier.

— Sûr, ça se connaît, approuva Carmen.

Je ne répondis rien. Leur cruauté, qui semblait s'appuyer sur un protocole, me trouvait sans réplique, comme leur perspicacité à flairer, outre mon inexpérience, mon passé bourgeois, et à découvrir que ma jeunesse, quoique évidente, était la jeunesse d'une femme de trente-deux ans qui ne paraît pas son âge.

Ce fut le quatrième, ou le cinquième soir qu'Impéria accourut en fin de spectacle, et chuchota avec volubilité chez mes voisines. Voulant à mon tour faire parade d'indifférence, je restai sur mon tabouret de paille, occupée de fourbir ma glace de bazar, d'essuyer ma tablette et d'y faire briller l'ordre maniaque qui régnait, chez moi, sur ma table à écrire.

Puis je recousis l'ourlet de ma jupe, je brossai mes cheveux courts que je soignais sans joie et sans fruit, ne sachant comment leur ôter l'odeur de tabac froid qui les reprenait après les shampooings.

Cependant j'observais le groupe de mes voisines, à qui une préoccupation et la passion de parler rendaient tout leur caractère. Lise se carrait, les mains à la taille, comme au marché volant de la rue Lepic, et rejetait en arrière sa tête magnifique, avec une autorité ménagère. La petite Impéria se reposait d'une jambe sur l'autre, tournait ses pieds bossus, souffrait avec une patience de poney savant. Carmen ressemblait à toutes les actives filles de Paris qui coupent, qui apprêtent, qui vendent, qui cousent, qui ont de beaux yeux, la fureur du gain, l'instinct de plaire. Seule la Toutou ne ressemblait à personne, sinon à un type rare de femme que l'engouement et la littérature de l'époque nommaient princesses de légende, fées, sirènes, anges pervers. Sa beauté la destinait à se tordre les mains en haut d'une tour, illuminer un cul de basse-fosse, échouer sur un rocher, en robe liberty et ruisselante de joyaux glauques. Soudain Carmen se campa dans le cadre de ma porte et parla d'un trait.

« Alors, voilà, qu'est-ce qu'on fait ? Y a la petite, là, Impéria, qui raconte que ça ne va pas.

— Qu'est-ce qui ne va pas ? »

Une ombre de confusion passa sur son visage.

« Oh ! Colettevili, ne faites pas la maligne ! Chez Gribiche. Défense qu'elle se lève. Pharmacien, remèdes, pansements et tout...

— Et bouffer, ajouta Lise Damoiseau.

— Comme de juste. Alors... Vous voyez le tableau.

— Mais qu'est-ce qu'elle a comme blessure ?

— Le... Les reins, dit Lise.

— Le ventre », dit en même temps Carmen.

Je surpris entre elles un regard d'entente et je me rebiffai :

« Dites donc, vous vous payez ma tête ? »

Lise posa sur mon bras sa grosse main sage.

« Allez, allez, soyez pas crosson. On vous dit tout. Gribiche a fait une fausse couche. Une mauvaise, quatre mois et demi. »

Nous nous tûmes toutes les quatre. Mlle d'Estouteville pressa nerveusement des deux mains son petit ventre plat, par manière, je pense, de conjuration.

« Est-ce qu'on ne peut pas, proposai-je, faire une collecte entre camarades ?

— Une collecte, justement, dit Lise. C'est ce mot-là que je cherchais et qui ne me venait pas. Je disais une suscription. La Toutou, viens un peu. Combien tu donnes, pour Gribiche ?

— Dix francs », déclara Mlle d'Estouteville sans hésiter.

Elle courut à sa loge dans un bruissement de faux diamants et de saphirs imitation, et rapporta deux écus de cent sous.

« Moi, cinq francs, dit Carmen Brasero.

— Moi cinq, dit Lise. Pas plus. J'ai mon monde, à la maison. Vous donnez quelque chose, Colette-vili ? »

Je ne trouvai dans mon réticule que ma clef, de la poudre, des sous, et un louis... J'eus la maladresse d'hésiter, moins d'une seconde.

« Vous voulez de la monnaie ? » dit Lise avec une promptitude délicate.

Je l'assurai que je n'en avais aucun besoin, et je remis le louis à Carmen qui dansa sur un pied comme une petite fille :

« Un louis, chic, chic, alors ! Lise, va-t'en tirer

des sous à Madame... (Elle nomma la vedette.) Elle vient de redescendre.

— Non, dit Lise. Toi, ou bien Impéria. Moi je marque mal en peignoir de loge.

— Impéria, trotte-toi chez Mme X... Et rapporte au moins cinq cents balles ! »

La petite redressa son croissant devant mon miroir et s'en fut à la loge de Mme X... Elle n'y resta pas longtemps.

« Tu l'as ? lui cria de loin Lise.

— Je l'ai quoi ?

— Le gros faffe ! »

La petite entra chez moi, ouvrit sa main fermée.

« Deux thunes ! s'indigna Carmen.

— Elle a dit comme ça... », commença Impéria.

Lise avança sa forte main, craquelée par le blanc liquide.

« Ne te fatigue pas, mon petit, on le sait ce qu'elle a dit. Que les affaires se font difficiles, que les loyers rentrent mal et que la Bourse est mauvaise. Voilà ce qu'elle a dit, l'éminente artiste.

— Non, rectifia Impéria. Elle a dit que c'était défendu.

— Défendu quoi ?

— De faire des... suscriptions. »

Lise siffla d'étonnement.

« Première nouvelle. C'est vrai, la Toutou ? »

Mlle d'Estouteville défaisait paresseusement son chignon. Chaque fois qu'elle retirait une des affreuses épingles en fer, dévernies, une torsade d'or glissait, s'ouvrait en nappe sur ses épaules.

« Je trouve, dit-elle, que vous avez de bonnes têtes de vous occuper si c'est défendu. On n'a qu'à pas le dire.

— Comme de juste », approuva Lise.

Elle conclut, inconséquente :

« Ce soir, il est trop tard, mais demain je bats le rappel. »

Pendant la nuit, mon imagination travailla sur cette Gribiche inconnue, de qui j'avais oublié à peu près la figure éveillée, mais que blanche et ballante et les yeux fermés je me rappelais très exactement. Les paupières bleues, les yeux faits au « perlé », une petite boule de fard indien figée à l'extrémité de chaque cil... Je n'avais jamais vu d'accident grave au music-hall. Ceux qui risquent quotidiennement leur vie sont prudents. L'homme qui tourne à bicyclette sur un disque sans rebord, en luttant contre la force centrifuge, la jeune fille qu'un lanceur de navajas environne de lames, le gymnaste qui dans les airs happe, abandonne, capture des trapèzes, j'avais comme tout le monde imaginé leur fin, avec cette complaisance obscure et vague que nous ressentons pour ce qui nous fait horreur. Mais je n'avais jamais songé qu'une Gribiche, en tombant dans un escalier, tue son secret, gît sans ressource...

Votée d'enthousiasme, promise au secret, la collecte défraya toutes les conversations. Notre bout de couloir reçut des visites étincelantes. Le « Scarabée Sacré » vert et violet. — « vous savez bien, me rappela Carmen, c'est celle qui a dégobillé en scène le soir de la générale ? » — Julia Godard, la reine du travesti, qu'on disait hermaphrodite et qui, de près, ressemblait à un vieux garçon de café espagnol, vinrent en personne remettre leurs dix francs. La curiosité, sur leur passage, s'éveillait comme dans une rue de petite ville, car elles venaient d'un corridor parallèle et lointain, et figuraient dans des tableaux inconnus. Enfin Poupoute, « prodige à transformations », daigna nous apporter ce qu'elle appela son obole. Elle avouait huit ans et, sous sa tenue de cavalier de polo (« Les sports aristocratiques », quatorzième tableau), elle paradait par habitude, saluait de la tête avec une grâce invétérée, et abusait du rire perlé. En quittant nos tranquilles régions, elle soigna sa sortie à reculons et agita en l'air sa petite cravache. Lise Damoiseau poussa un soupir excédé.

« Il faut en voir. L'impératrice du culot. Elle a au moins quatorze ans, vous savez ? Enfin, elle s'est fendue de dix francs. »

A force de vingt et de quarante sous, de thunes, comme on disait, de jolies petites médailles en or de dix francs, Lise Damoiseau, trésorière, amassa trois cent quatre-vingt-sept francs, qu'elle serrait farouchement dans une boîte à sucres d'orge.

La troupe de girls, qu'elle laissa à l'écart de la question, (« Comment voulez-vous qu'on leur esplique, elles qui ne causent que l'anglais, que Gribiche a ramassé un gosse d'abord, après quoi une bûche, et ceci cela ? ») réunit vingt-cinq francs. En dernière heure, un charmant danseur-chanteur américain — il danse encore, il est toujours charmant — glissa à Carmen un billet de cent francs en sortant de scène, quand nous croyions que la « suscription » était close...

Il nous vint des assistances imprévues. Je gagnai cinquante francs au bésigue, pour Gribiche, contre un vieil et morose ami — croyez bien que pour lui aussi cinquante francs pesaient leur poids, creusaient leur trou dans une pension d'ancien fonctionnaire de la Daïra — et les cinq cents francs furent dépassés.

« C'est fou, disait Carmen, le soir où nous comptâmes cinq cent quatre-vingt-sept francs.

— Elle le sait, Gribiche ? »

Lise hocha sa tête resplendissante.

« Je ne suis pas folle. Impéria lui a remis soixante francs pour le plus pressé. C'est déduit sur le papier. J'ai tout inscrit, vous pouvez voir. »

Je m'attardai, penchée sur le papier, à regarder le contraste étonnant entre une grosse écriture d'enfant, ici couchée, là renversée, partout incertaine, et les chiffres aisés, souples, magistraux, ensemble fiers et succincts.

« Vous comptez bien, je parie, Lise ? »

Elle inclina la tête, son menton de marbre toucha la base de son col épais et divin.

« Je crois. J'aime compter. C'est dommage que j'aie pas grand-chose à compter. J'aime les chiffres. Si c'est joli, regardez, un 5. Le 7 aussi. Des fois, la nuit, je vois des 5. Et des 2 qui nagent sur l'eau comme des cygnes... Vous voyez ce que je veux dire ? Là, la tête du cygne, et puis son cou, quand il nage, et là, en bas, il s'appuie sur l'eau... »

Elle rêvait, penchée sur les jolis 5, sur les 2 faits à l'image de l'amant de Léda.

« C'est rigolo, pas ? Maintenant c'est pas le tout. On porte les cinq cent quatre-vingt-sept francs à Gribiche.

— Naturellement. C'est Impéria qui s'en charge, j'imagine ? »

D'un geste du coude, Lise repoussa fièrement ma conjecture.

« On fera mieux que ça. On ne va pas lui poser ça comme un paquet de sottises. Vous en êtes ? On y va demain à quatre heures.

— Mais je ne la connais pas, moi, Gribiche !

— Et nous pas plus. Mais il y a une manière bien de faire les choses, et une manière pas bien. Si vous avez une raison de ne pas vouloir venir ? »

Sous une interrogation aussi directe, appuyée d'un regard sévère, je cédai, en me reprochant de céder :

« Aucune raison. Nous serons combien ?
— Trois, Impéria est occupée. Rendez-vous devant la porte, 3, rue ***. »

J'aimai toujours les visages nouveaux, à ce prix que je les contemple d'un peu loin ou à travers une vitre épaisse. Pendant les années les plus solitaires de ma vie, j'habitais des rez-de-chaussée. Par delà le rideau de tulle et la vitre passaient mes chers êtres humains, auxquels pour rien au monde je n'eusse, la première, adressé la parole ou tendu la main. Je leur dédiais mon insociabilité passionnée, l'inexpérience que j'avais de la créature humaine, et ma timidité, foncière mais sans rapport avec la poltronnerie. Je ne me reprochai donc pas que la visite à Gribiche m'occupât une partie de la nuit. Mais je me sentais mécontente qu'un certain ton péremptoire suffît encore à déclencher en moi un réflexe d'obéissance, tout au moins d'acquiescement.

Le lendemain j'achetai un bouquet de violettes de Parme, et je pris le métro avec autant d'ennui que si j'allais faire une visite de premier jour de l'An. Sur le trottoir, rue ***, Carmen et Lise Damoiseau me regardaient venir, mais elles ne me firent de loin aucun signe de bienvenue. Elles s'étaient vêtues comme pour l'enterrement, sauf un jabot de lingerie sous le menton de Lise et une plume de couroucou roulée en point d'interrogation sur le chapeau de Carmen. C'était la première fois que je voyais mes camarades en plein jour, sous la lumière de quatre heures qui, en mai, par temps clair, se fait cruelle à tout ce qui défaut. Avec étonnement j'aperçus combien elles étaient jeunes, et combien leur jeunesse avait déjà souffert.

Elles me regardaient approcher, déçues peut-être, elles aussi, par mon aspect diurne. Je sentis qu'elles m'étaient supérieures par une impassibilité acquise tôt et chèrement. En me rappelant ce qui m'amenait rue ***, n° 3, je sentis aussi que la solidarité nous est plus facile que la sympathie... Et je me décidai à leur souhaiter le bonjour.

« Ça, c'est crevant, dit Lise en guise de réponse.
— Qu'est-ce qui est crevant ? Je peux savoir ?
— Que vous avez les yeux bleus. Je les croyais marron. Marron gris, marron noir, par là... »

Carmen entr'ouvrit, d'un doigt ganté de tissu suédé, le papier cristal qui protégeait mes fleurs.

« C'est des Parme. Ça fait peut-être un peu funérailles... Mais du moment que Gribiche va mieux... On entre ? C'est au rez-de-chaussée.
— Oh ! sur cour », dit Lise dédaigneuse.

La maison de Gribiche avait été neuve vers 1840, comme beaucoup d'immeubles batignollais. Elle conservait sous sa voûte une niche à statue, et dans la cour une borne-fontaine trapue, à gros robinet de cuivre. L'édifice tout entier fondait d'humidité et de désolation.

« C'est pas mal, remarqua Lise adoucie. Carmen, t'as vu la statue qui tient le globe ? »

Mais elle saisit l'expression de mon regard et se tut. D'un jardinet invisible dépassait une branche verdoyante, et je constatai que le vernis-du-Japon est un arbre qui a la vie tenace. Derrière Lise nous tâtonnâmes, sous l'escalier, dans une ombre où luisait faiblement une pomme de cuivre.

« Quoi, tu sonnes, à la fin ? cria tout bas Carmen.
— Eh ! sonne, toi, si tu trouves la sonnette... Ah ! quelle boîte à cirage... Ça y est, je tiens le truc. Mais c'est pas électrique, c'est un cordon. »

Une clochette cristalline tinta et la porte s'ouvrit.

A la lueur d'une lampe pigeon je distinguai qu'une femme, haute et large, se tenait devant nous.

« Mlle Saure ?

— C'est ici.

— Est-ce qu'on peut la voir ? C'est de la part de l'Eden-Concert.

— Une minute, Mesdames... »

Elle nous laissa seules dans la pénombre, qu'éclairaient l'inflexible visage, les vastes yeux de Lise. Carmen facétieuse lui donna du coude dans les côtes sans qu'elle daignât sourire. Elle dit seulement à mi-voix :

« Ça sent drôle. »

Une fragrance légère, en effet, portait à mes narines le souvenir de plusieurs essences qui donnent en automne leur odeur la plus forte. Je songeai au jardin de mes années sereines, au chrysanthème, à l'immortelle, au petit géranium sauvage qu'on appelle l'herbe-à-Robert... La matrone reparut, emplissant de sa corpulence, sur fond clair, le cadre de la seconde porte.

« Entrez, Mesdames, prenez la peine... La petite Couzot, Mlle Impéria, je veux dire, nous avait prévenues de votre visite.

— Ah ! répéta Lise, Impéria vous avait prévenues. Elle n'aurait pas dû...

— Pourquoi donc ? demanda la matrone.

— Pour la surprise... On voulait faire la surprise... »

Le mot « surprise », qui franchit le seuil en même temps que nous, reste lié au souvenir de l'étonnante chambre de Gribiche, la chambre des Gribiche. « Il paraît que ce n'est pas croyable la grandeur de leur chambre... » Nous subîmes un brutal passage de l'ombre à la lumière. La vieille pièce immense recevait la clarté d'une seule fenêtre qui s'ouvrait sur le jardin d'un hôtel particulier — le jardin au vernis-du-Japon. Paris comptait, il y a trente ans, et compte encore un grand nombre de ces petites maisons bâties à la mesure des citadins modestes et casaniers, étouffées derrière les grands corps de logis, attachées à leur perron de trois marches, leur lilas exsangue et leurs géraniums tout en verdure comme des légumes... Celle de la rue *** n'était guère plus importante qu'un guignol. Chargé d'ornements noircis, coiffé d'un fronton de plâtre, le petit hôtel semblait servir de toile de fond à la fenêtre des Gribiche, grillagée à gros barreaux.

La chambre paraissait d'autant plus vaste qu'aucun meuble n'en occupait le centre. Un lit très étroit se serrait contre un mur, au long de la paroi la plus éloignée du jour. Gribiche reposait sur une couchette-divan, contre la fenêtre éblouissante. Je sus peu après qu'elle éblouissait pendant deux courtes heures de la journée, le temps que le soleil traversât une faille de ciel entre deux maisons de cinq étages...

Toutes trois ensemble, nous nous aventurâmes dans le vide central de la chambre, vers le lit de Gribiche. Il était visible qu'elle ne nous reconnaissait ni ne nous connaissait, et Carmen prit la parole :

« Mademoiselle Gribiche, on est venues toutes trois au nom des camarades de l'Eden-Concert. Voilà Madame Lise Damoiseau...

— ... de l'*Enfer des Poisons* et Messaline de l'*Orgie*, précisa Lise.

— Moi je suis Mlle Brasero, de la *Corrida*, et des *Jardins de Murcie*. Et voilà Mme Colettevili, qui joue le sketch *Miaou-Ouah-Ouah*, Mme Colettevili qui a eu l'idée... l'idée de la souscription amicale... »

Son éloquence s'embarrassa soudain, et elle acheva sa mission en déposant, dans le giron de Gribiche, une enveloppe bulle nouée d'une faveur.

« Oh ! alors... Vrai, alors... C'est de trop... Ça, par exemple... », protesta Gribiche.

Sa voix était haute et maniérée, comme d'une enfant qui joue la comédie. Je regardais sans émotion cette jeune fille alitée, qu'en somme je voyais pour la première fois, puisqu'elle ne ressemblait ni au blanc mannequin évanoui, ni au garde-française passible de vingt francs d'amende. Ses cheveux blonds, coiffés à la catogan, étaient noués d'un ruban bleu ciel, ce bleu qui sied mal à presque toutes les blondes, surtout si elles ont, comme avait Gribiche, la joue privée de chair, décolorée sous une poudre rose, la tempe et l'orbite creuses. Ses yeux bruns allaient de Lise à Carmen, de Carmen à moi, et de moi à l'enveloppe. Je lui vis un souffle si court que j'interrogeai du regard la matrone : est-ce qu'elle n'allait pas mourir ?

Je pris l'air gai qui convenait, en tendant mes fleurs.

« Vous aimez les violettes, j'espère ?

— Bien sûr... Pensez... Qui est-ce qui n'aime pas les violettes ? Merci beaucoup. Ce qu'elles sentent bon... »

Elle porta à ses narines le bouquet inodore.

« Chez vous aussi ça sent bon... ça me rappelle... une odeur de mon pays. Un peu comme les immortelles, vous savez, qu'on met sécher la tête en bas, pour faire des bouquets d'hiver... Qu'est-ce qui sent si bon ?

— Bien des petites choses, dit la matrone derrière moi. Biche, plie voir tes jambes que Mme Colettevili s'assoie. Mesdames, prenez place ; je vous avance nos deux chaises. »

Lise accepta son siège avec hésitation, comme s'il se fût agi de boire dans un verre suspect. Pendant un moment, cette belle fille ressembla extraordinairement à une chaisière prude. Puis ses sourcils un peu dérangés reprirent leur place sur son front, comme deux cirrus effilés sur un ciel pur, et elle s'assit en tirant soigneusement sa jupe sous son derrière.

« Alors, dit Carmen, ça va la santé ?

— Oh ! ça ira, dit Gribiche. A présent, n'est-ce pas, il n'y a plus de raison que ça n'aille pas. Surtout avec ce que vous m'apportez... Tout le monde a été bien aimable... »

Elle prit timidement l'enveloppe qu'elle n'ouvrit pas.

« Maman, tu veux me la ranger ? »

Elle tendit l'enveloppe à sa mère, et mes deux compagnes marquèrent de l'inquiétude à voir l'argent passer, des mains de Gribiche, dans une profonde poche de tablier noir.

« Vous ne comptez pas ? demanda Lise.

— Oh ! fit Gribiche avec pudeur. Vous ne voudriez pas. »

Elle roulait et déroulait, par contenance, les rubans de sa matinée bleu ciel, en petit lainage mince, qui cachait son linge de lit.

Elle avait rougi, et le mouvement de son sang suffit à la faire tousser.

« Retiens-toi de tousser, lui recommanda vivement sa mère. Tu sais bien ce que je t'ai dit.

— Je ne le fais pas exprès, protesta Gribiche.

— Pourquoi il ne faut pas qu'elle tousse ? » s'enquit Carmen.

La grande et grosse femme cligna ses yeux saillants. Empâtée, elle n'était ni laide ni âgée, et gardait un teint vermeil sous des cheveux qui s'argentaient.

« A cause des pertes. Elle a beaucoup perdu, n'est-ce pas ? Tout ça n'est pas encore bien fixé. Des fois qu'elle se mettrait à tousser, tout repart.

— Nature, dit Lise. C'est susceptible.

— C'est comme... C'est comme une amie que je connais, s'empressa Carmen. Son accident, l'année dernière, il s'est mal passé.

— Qu'est-ce qu'elle avait donc pris ? demanda Lise.

— Mais ce qui fait le moins de mal, un bol d'eau de savon concentrée, et par là-dessus on court à toute vitesse pendant un quart d'heure.

— Qu'est-ce qu'il faut entendre ! s'écria Mme Gribiche mère. On dirait, ma parole, que le siècle n'avance pas ! Un bol d'eau de savon et la course ! Mais ça remonte à Charlemagne ! On se croirait chez les sauvages ! »

Après cet éclat, où elle mit beaucoup d'ampleur et de sonorité, Mme Saure, pour me servir de son vrai nom, se tut mystérieusement.

« Alors, dit Carmen attentive, elle n'aurait pas dû prendre de l'eau de savon ? A votre idée, Madame, elle aurait dû plutôt aller chez la « bonne femme » ?

— Pour se faire charcuter ? proféra Mme Saure avec un mordant dédain. Comme tant d'autres ! Ça les amuse, sans doute, la tringle à rideaux qu'on enfile dans un tube de caoutchouc, et je te fourgonne, et je te fourgonne ! Les malheureuses ! Je les plains sans les blâmer. Parce que, quand la nature parle, et qu'une femme, autant dire une enfant écoute un homme, on ne peut pas lui jeter la pierre... »

Elle leva une main pathétique qui fut près de toucher le plafond bas, déshonoré concentriquement par des infiltrations brunes, çà et là lézardé en zigzags de foudre, et légèrement en poche au centre, au-dessus du carrelage descellé.

« Quand il pleut dehors, il pleut dedans, dit Gribiche, qui avait suivi mon regard.

— Biche, tu n'es pas juste, lui reprocha sa mère. Il ne pleut que dans le milieu. Qu'est-ce que vous pensez donc avoir, au jour d'aujourd'hui, pour cent quarante-cinq francs par an ? C'est les étages d'en dessus qui sont percés. Le propriétaire ne répare pas, il est esproprié, question d'alignement. On en est quittes pour ne pas mettre de meubles dans le milieu.

— Cent quarante-cinq francs ! se récria Lise, envieuse. Vous ne risquez pas de vous ruiner !

— Oh ! non, mon bon Monsieur ! » répliqua plaisamment Gribiche.

Je faillis rire, car tout ce qui troublait — envie, avarice, colère — la sérénité de Lise, lui retirait le peu de suavité féminine permis à sa régulière beauté. Je cherchai le sourire de Carmen, mais celle-ci tourmentait, songeuse, l'accroche-cœur gommé sur sa joue gauche.

« Alors, reprit Carmen avec obstination, si la « bonne femme » ne vaut pas mieux que l'eau de savon, qu'est-ce qu'on fait ? Il n'y a pas tellement l'embarras du choix !

— Non, dit Mme Saure, doctorale. Mais il y a l'instruction et la connaissance.

— Ma pauvre dame, on dit ça. Et puis, progrès ou pas progrès... Tenez, à l'heure que je vous cause, Miss Ourika, eh bien ! elle est clamecée, à Cochin.

— Miss Ourika ? Quoi ? Quoi ? » dit la voix haute et précipitée de Gribiche.

Nous nous tournâmes d'un bloc vers le lit, comme si nous l'avions oubliée.

« Elle est morte ? De quoi, elle est morte, Miss Ourika ? répéta Gribiche.

— Mais, dit Carmen, elle était... elle s'est... »

Lise risqua, pour l'empêcher de parler, un geste

qui perdit tout. Gribiche mit ses mains sur ses yeux et cria :

« Maman ! Tu vois, maman ! Tu vois ! » et des larmes sautèrent entre ses doigts serrés.

En trois pas agiles, Mme Saure fut au chevet de sa fille, et je crus que c'était pour la prendre dans ses bras. Mais elle lui appuya ses deux mains sur la poitrine, un peu au-dessus des seins, et la renversa à plat sur le dos ; Gribiche ne fit pas de résistance et glissa doucement en bas du coussin genre algérien qui la soutenait. A voix entrecoupée, elle continuait d'adjurer :

« Tu vois, maman, tu vois... Je t'avais bien dit, maman... »

Je ne pouvais détourner mes yeux des deux mains maternelles, puissantes à terrasser un petit corps allégé et à le persuader de rester horizontal. Deux grandes mains, bouillies comme les mains des laveuses... Elles disparurent, et s'en allèrent investigatrices sous une petite courte-pointe en satinette bleue, sous un drap de cretonne qu'on avait sûrement changé en notre honneur... Je me mis à lutter contre la peur nerveuse du sang, la peur de voir tout à coup poindre et s'épandre, hors de ses chemins secrets, le sang en liberté, avec son odeur ferrugineuse, son aptitude à imbiber la toile de rose vif, de rouge gai, de brun rouillé... Lise avait sa tête de plâtre, Carmen deux cernes lilas en haut des joues, et toutes deux regardaient le lit. « Je ne veux pas m'évanouir, je ne veux pas m'évanouir... » me répétais-je. Et je me mordais la langue pour me distraire de l'épreinte lombaire qu'impose, à tant de femmes, la vue ou même le récit minutieux d'une opération chirurgicale...

Les deux mains reparurent, et Mme Saure soupira :

« Pas de bobo, pas de bobo... »

Elle rejeta ses cheveux argentés hors de son front qui brillait d'une sueur soudaine. De grands traits majestueux, sa ressemblance avec la plupart des portraits de Louis XVI, ne suffisaient pas à lui constituer une physionomie sympathique. Je n'aimais pas qu'elle maniât sa fille avec une expérience, une appréhension dans lesquelles le souci maternel n'avait, du moins je l'imaginai, guère de part. Une grande créature bovine et avisée, amène et point rassurante... En s'essuyant les tempes, elle s'en alla vers une table rangée au plus près du mur dans le fond de la chambre. Le soleil ayant marché, la pièce devenait sombre, et le jardin prisonnier noircissait sous son vernis-du-Japon. Au loin, Mme Saure se lavait les mains, remuait une verrerie confuse. A cause de l'ombre et de la distance, son front semblait à chaque instant toucher le plafond.

« Ces dames prendront bien un doigt de mon réconfortant ? Biche, tu as droit aussi à une larme, mon chou. Mesdames, c'est de ma fabrication ! »

Elle revint à nous, emplit quatre petits verres dépareillés. Celui qu'elle m'offrit déborda, ainsi je me rendis compte que sa main tremblait. Lise prit sa part sans un mot ; sa bouche entr'ouverte, ses yeux fixés sur le verre, je les voyais pour la première fois parler d'une horreur secrète. Carmen dit machinalement « merci », puis parut s'éveiller.

« Mais... dit-elle en hésitant... Mais je ne la trouve pas encore bien vaillante, votre petite... Moi, à votre place... Qu'est-ce qu'il a dit, Gribiche, le médecin ? »

Gribiche lui sourit, le regard vague et mouillé, tourna la tête sur son coussin de bazar. Elle fit une bouche en pointe, pour atteindre, dans le verre, l'huile verte et dorée d'une sorte de chartreuse :

« Oh ! ben, le médecin... »

Elle s'arrêta, rougit, et je vis comme elle rougissait mal, par plaques délimitées.

« Pour les femmes, dit Mme Saure, les médecins ne sont pas toujours les plus savants... »

Carmen attendit le reste d'une réponse qui ne vint point. Elle vida d'un trait la moitié de sa liqueur, fit : « Mmm ! » en guise de compliment pénétré.

« C'est sucré, mais c'est bon quand même », dit Lise.

La chaleur me revenait au ventre avec la saveur poivrée d'une sorte de chartreuse de ménage, un genre d'élixir de Garus sirupeux. Mes camarades ranimées tinrent conversation.

« A part ça, s'enquit Gribiche, qu'est-ce qu'il y a de neuf à la boîte ? »

Elle avait ramené sur une de ses épaules son catogan de cheveux blonds, comme les jeunes filles d'autrefois à l'heure de se mettre au lit.

« Trois fois rien, répondit Carmen. Ça serait plutôt mort, si on ne répétait pas toute la journée des scènes nouvelles qu'on rajoute pour le Grand Prix.

— Vous en êtes, des scènes nouvelles ? »

Lise et Carmen firent signe que non, sereinement.

« Nous ne sommes que de l'apothéose. C'est pas pour nous plaindre ! On a assez de ce qu'on fait pour jusqu'à la fin de la revue. S'il n'y avait que moi pour aimer le changement... Le matin, ils répètent un sketch genre apache.

— Qui ? »

Carmen à son tour haussa l'épaule, avec une suprême indifférence.

« Des types de théâtre. Une poule qu'on appelle... Ah ! je ne m'en rappelle plus. Ça me reviendra. Ils sont plusieurs, mais c'est plutôt des comédiens.

Ces Messieurs de la direction auraient voulu Otero ; mais elle entre à l'Opéra.

— Non ! dit Gribiche éblouie. Elle a assez de voix pour ?

— Elle n'a pas que la voix, elle a le flouss, dit Lise. Tout ça se fait par combines. Elle épouse le directeur de l'Opéra, alors il n'a rien à lui refuser.

— Il s'appelle comment, le directeur de l'Opéra ?

— Ça, il faut le demander à ceux qui le savent ! »

Je fermais à demi les yeux pour mieux écouter des paroles qui me rouvraient un pays écarté de toute vérité, et même de toute vraisemblance. Pays resplendissant, féerique bureaucratie, où en plein Paris des « artistes » ignoraient le nom de Julia Bartet, où l'on trouvait naturel que Mme Otero, affamée de chanter *Faust* et *Les Huguenots*, achetât le directeur de l'Opéra... J'oubliais le lieu, le motif qui m'y avait entraînée...

« Fierval est rentrée de Russie, dit Lise Damoiseau. Ils lui donneront la vedette de la Revue d'Hiver, à l'Eden-Concert.

— Elle est contente de sa tournée en Russie ?

— Pensez ! Le tsar retenait tous les soirs une loge pour l'applaudir dans son numéro, et lui faisait porter, tous les soirs, des cadeaux par son propre pope...

— Son quoi ? demanda Gribiche.

— Son pope, donc... C'est la même chose qu'un chasseur. »

— Mais oui, mais certainement. Encore, encore !... Comme je les aime ainsi, sans défense contre les fables, lorsqu'elles quittent leurs dehors d'employées économes et dures... Oublions tout, sauf l'extravagant, oublions même cette petite réalité martyrisée, couchée à plat sur son lit, devant une fenêtre à barreaux... Le président Loubet, je l'espère bien, va enlever Alice de Tender, c'est le moins qui puisse arriver... Encore !...

« Maman... Vite, maman... »

L'appel, soupiré, troubla à peine un silence qui couvait d'autres divulgations sensationnelles. Pour faible qu'il eût été, Mme Saure y démêla pourtant une raison de s'élancer jusqu'au lit. Gribiche déplia mollement son bras, et le petit verre qui échappa à sa main se brisa sur le carrelage.

« Seigneur ! » dit tout bas Mme Saure.

Ses deux mains plongèrent à nouveau sous les draps. Elles les retira promptement, les regarda et, nous voyant debout, les cacha dans les poches de son tablier. Aucune de nous ne lui posa de question.

« Tu vois, maman, gémit Gribiche. Je te l'avais dit que c'était trop fort... Pourquoi tu ne m'as pas écoutée ? Tu vois, à présent... »

Carmen eut un mouvement courageux :

« Si j'appelais la concierge ? »

La grande femme aux mains cachées fit un pas devant lequel nous reculâmes :

« Vite, vite, allez-vous-en... Faut demander personne... N'ayez crainte, je vais la soigner. J'ai ce qu'il faut. Dites rien. Vous me feriez avoir des ennuis, allez-vous-en... Surtout, dites rien... »

Elle nous refoulait vers la porte, et je me souviens que nous eûmes une velléité de résistance. Mais Mme Saure retira ses mains de ses poches, peut-être pour nous repousser. A leur vue, Carmen fit un écart comme un cheval effrayé, tandis que, pour éviter leur contact, je bousculais Lise. Je ne sais pas si c'est Lise qui ouvrit la porte de la chambre, puis l'autre porte. Nous nous trouvâmes dans le vestibule moisi, sous la statue porte-globe, nous passâmes raides devant la porte de la concierge et, sur le trottoir, Carmen nous devança en courant presque.

« Carmen ! Attends-nous, quoi... »

Mais Carmen ne s'arrêta qu'essouflée, en s'appuyant du dos au mur.

La plume verte de couroucou dansait selon les battements de son cœur. Je ne sais quelle soif d'air, quelle gratitude me firent lever la tête vers le ciel, où le crépuscule s'annonçait par des nuées roses et des sifflements d'hirondelles. Carmen posa la main sur son sein, à la place où nous croyons que bat notre cœur.

« Si nous prenions quelque chose pour nous remettre, proposai-je... Lise, un verre de fine ? Carmen, un vulnéraire ? »

Nous tournions justement un coin de rue où l'étroite terrasse d'un petit « Vins et spiritueux » offrait trois guéridons. Carmen refusa d'un geste.

« Pas là, y a un agent.

— Qu'est-ce que ça peut faire ? »

Elle ne répondit pas et nous précéda diligemment jusqu'à la place Clichy, dont l'animation parut la rassurer. Nous nous assîmes sous la marquise d'une grande brasserie-restaurant.

« Un café, dit Carmen.

— Un café, dit Lise. Moi, mon dîner, ce soir... J'ai une barre sur l'estomac. »

Nous tournâmes sans mot dire nos cuillers dans nos tasses. A l'intérieur du restaurant, les globes électriques s'allumèrent tous ensemble et, par contraste, le bleu du soir proche baigna toute la place. Carmen exhala un grand souffle de détente.

« Il fait un peu lourd, dit Lise.

— T'es bien réchauffée, dit Carmen. Touche voir ma main. Je me connais, il faudra que je mette beaucoup de rouge ce soir. Je mettrai du 24.

— Ben, je ferais joli si je mettais du 24, repartit Lise. J'aurais l'air d'un fluxia. Moi, il me faut du deux et demi créole en fond de teint homme. »

Carmen se pencha poliment par-dessus le guéridon :

« Je trouve que Colettevili est très bien maquillée à la scène, qu'elle est très *ressemblante*. Quand on ne fait pas des rôles de composition, c'est très important d'être *ressemblante*. »

Stupide, je les écoutais, comme j'eusse écouté, mal éveillée, les répliques d'un dialogue commencé pendant mon sommeil.

Ce café, même épaissi de sucre, quelle amertume... A côté de nous, une fleuriste au panier tentait de vendre sa dernière botte de lilas, du lilas coupé en boutons, violet sombre, couché sur des branches d'if...

« Les girls, disait Carmen, elles ont des trucs de leur pays, des couleurs qui font peau de bébé... Mais ça n'a rien à faire dans des rôles de caractère, n'est-ce pas, Colettevili ? »

J'acquiesçai, les lèvres au bord de ma tasse, l'œil ébloui par une flèche du soleil bas.

Lise retourna la petite montre qu'elle fixait au revers de son tailleur par une branche d'olivier en argent, dont les olives imitaient le jade :

« Il est cinq heures et demie, annonça-t-elle.

— Je m'en fous bien, dit Carmen, puisque je ne dîne pas. »

Cinq heures et demie... Que pouvait bien être devenue, en trente minutes, là-bas, sur son lit spongieux, celle à qui nous n'avions apporté d'autre secours qu'une poignée d'argent ?... Lise me tendit son paquet de cigarettes caporal.

« Non, merci, je ne fume pas. Dites, Lise... Qu'est-ce qu'on pourrait faire pour Gribiche ? »

Elle abaissa ses belles paupières bombées comme des pétales et souffla sa fumée.

« Rien. Touchez pas à ça. C'est une sale affaire. Moi, j'ai mon monde chez moi qui ne s'en sentirait pas plus que moi pour me voir mêlée dans une affaire d'avortement.

— Mais puisque c'est une chute dans l'escalier de l'Eden qui a déclenché... »

Elle haussa les épaules.

« Vous êtes enfant. La chute, c'est après.

— Après quoi ?

— Après ce qu'elle avait pris. Elle a tombé parce qu'elle était comme folle de ce qu'elle avait pris, coliques, vertige et tout... Dans la loge, avec Impéria, elle lui avait tout raconté. Elle ne savait déjà plus où elle en était quand elle est entrée dans votre loge. Elle s'était bourrée de coton...

— Sa vieille est une femme-aux-tisanes, dit Carmen. Elle n'y a pas été avec le dos de la cuiller pour sa fille.

— C'est facile de voir que la mère Saure a déjà eu « des ennuis », comme elle dit.

— Où est-ce que ça se voit ?

— A ce qu'elle a peur. Et aussi à ce qu'elles sont sans un, sans meubles, sans rien... Je me demande où qu'elle a pu passer pour être dans une mouise pareille...

— Vieille assassine, murmura Carmen. Bougre de maladroite... »

Je les voyais l'une et l'autre sagaces, sans étonnement, aguerries. Des rencontres, des risques que j'ignorais, un certain ordre de criminalité les trouvaient judicieuses, à la fois passives et prudentes devant le péril d'enfanter, et elles exprimaient le monstrueux en termes modérés.

« Mais moi, hasardai-je, est-ce que je ne pourrais

pas essayer, en vous laissant en dehors de tout ça...
Si Gribiche pouvait entrer dans un hôpital... Pour
ce qu'on peut dire, je m'en fiche assez... Je suis
libre... »

Lise attacha sur moi le regard de ses larges prunelles :

« Sans blague ? Vous êtes libre à ce point-là ?
Vous n'avez personne ? Personne qui vous tient de
près ? Ni famille ?

— Oh ! si, protestai-je avec élan.

— Je pensais bien », dit Lise.

Elle se leva comme si elle jugeait la cause entendue, fit craquer ses doigts qu'elle avait regantés.

« Vous m'excuserez, Colettevili, si je vous quitte.
Puisque je ne dîne pas, je m'en vais regagner la
boîte tout doucettement par le train onze, ça me fera
du bien.

— Moi aussi, dit Carmen. Si on a la dent, on se
payera un sandwich gruère chez la concierge de
l'Eden. »

Elle hésita un peu avant de m'inviter :

« Vous venez ?

— Je voudrais bien, mais j'ai promis de repasser
chez moi...

— A t't à l'heure, alors... »

Elles s'en allèrent bras sur bras, à travers la place
éclairée de rose par les bars et les magasins, de
bleu par la fin du jour.

Je n'avais faim que de retrouver mon petit rez-de-
chaussée, mes meubles-épaves dépareillés, mes livres,
la verte odeur qui parfois remontait du Bois, et
surtout la compagne des bonnes et des mauvaises
heures, ma chatte rayée. Encore une fois, celle-ci
flaira mes mains, médita sur l'ourlet de ma robe,
puis s'assit sur la table, ouvrit grands ses phares d'or
et regarda, dans le vide, l'invisible qui n'avait pas

de secrets pour elle. Nous dînâmes de peu, et je m'en allai, ponctuelle.

Quand j'arrivai à l'Eden-Concert, Mlle d'Estouteville, en peignoir de bain taché, pieds nus comme un ange, sa chape de cheveux blonds sur les épaules, réclamait de Lise et de Carmen le récit minutieux de notre visite à Gribiche.

« Et alors, ça s'est bien passé ?

— Tout à fait très bien.

— Elle était contente ?

— Probable qu'elle a mieux aimé ça qu'un coup de pied au derrière.

— Et comment qu'elle est ? Elle retournera bientôt ici ? »

Lise impénétrable vaquait aux apprêts de sa première incarnation, le démon Asmodée :

« Oh ! tu sais, mon impression est que ça sera encore long. C'est une petite qui n'est pas forte.

— Elle est logée à peu près ?

— Oui et non. Y a beaucoup de place. On respire. Moi, je m'ennuierais dans une chambre si grande.

— Sa mère la soigne bien ?

— Que de trop !

— Qu'est-ce qu'elle a dit des cinq cent quatre-vingt-sept francs ? »

Prenant mon tour de réplique pour alléger Lise, je répondis :

« Elle a dit de beaucoup remercier tous ceux qui s'étaient intéressés à elle, qu'elle était tellement touchée...

— Et sa figure, bien requinquée ?

— Une figure très enfant, mais on voit qu'elle a maigri... Elle a les cheveux attachés sur le cou comme les gosses, une petite matinée bleu ciel... Elle est gentille. »

La porte de la loge de Carmen claqua, tirée brusquement de l'intérieur.

« Qui c'est qui sera en retard ? cria intelligemment Lise. C'est la Colettevili. Et qui c'est qui en sera la cause ? C'est cette Toutou d'Estouteville de mes fesses ! »

La grosse voix de Mlle d'Estouteville ouvrit un feu d'outrages, s'apaisa, rit, et chacune de nous fit ce qu'elle avait à faire, bâiller, chanter une chanson interrompue, protester contre l'atmosphère irrespirable, tousser, manger des pastilles de menthe, aller remplir au robinet du couloir un pot à eau minuscule...

Vers onze heures et demie, rhabillée, prête à partir, au moment où l'absence d'oxygène et la chaleur avaient raison de la figuration fourbue et des habilleuses excédées, je vis en quittant ma loge que Carmen tenait la sienne fermée, et je haussai la voix pour le bonsoir habituel. La porte s'ouvrit et Carmen me fit un signe de tête. Elle était occupée à pleurer comme on pleure sous le maquillage. Armée d'un petit tube de papier buvard, gros comme un crayon, elle l'appuyait contre le globe de son œil droit, puis contre son œil gauche, entre les paupières.

« Ne faites pas attention, j'ai... je suis indisposée...
— Ça vous rend malade ?
— Oh ! non. C'est que je suis tellement contente... Pensez, j'étais en retard de six jours... J'avais peur... de faire comme Gribiche, là-bas... Alors, je suis contente... »

Elle posa son bras sur mon épaule, puis le referma autour de mon cou et appuya un instant, rien qu'un instant, sa tête sur ma poitrine.

Je tournais déjà l'angle du long couloir lorsqu'elle me cria de loin :

« Bonne nuit ! Faites pas de rêves ! »

J'en fis cependant. Je rêvai d'angoisses qui n'avaient

pas été, jusque-là, mon lot. Mon songe se développait sous la plante au mauvais renom, l'absinthe-armoise. Feuille à feuille dépliée, symbolique, pelucheuse, l'emménagogue populaire croissait dans mon rêve comme la graine que contraint la volonté du fakir...

Le lendemain soir, la petite Impéria accourut en boitillant. Je la vis qui versait dans l'oreille de Lise des paroles précipitées. En équilibre sur une seule jambe, elle pressait à deux mains son pied le plus douloureux. Lise l'écoutait en faisant sa figure de plâtre, une main posée sur la bouche. Puis elle retira sa main et se signa furtivement.

Je sais bien qu'au music-hall on se signe pour un oui, pour un non. Pourtant, j'interprétai sans hésitation le geste de Lise, et, lâchement, je fis en sorte de ne point me trouver devant elle jusqu'au *finale*. Cela me fut facile, et il est probable qu'elle m'y aida. Après, le hasard y mit du sien. En l'honneur du Grand Prix, « ces Messieurs de la Direction » supprimèrent le sketch *Miaou-Ouah-Ouah*, qui ne méritait, je le reconnais, aucun ménagement. Des mois passèrent, et des années, pendant lesquels, me donnant ça et là en spectacle, j'usais du droit de me taire sur moi-même.

Quand l'envie me prit d'écrire l'histoire de Gribiche je me retins, et la remplaçai par un « blanc », des points de suspension, un astérisque... Aujourd'hui que je conte sa fin, je cache naturellement son nom, celui du music-hall, ceux de nos camarades, je change, je dissimule. Ainsi je suspends encore à la mémoire de Gribiche les attributs du silence, y compris ceux qui servent, dans l'écriture musicale, à signifier l'interruption de la mélodie : la pause, muette hirondelle sur les cinq fils noirs de la portée ; le soupir, petite hache accrochée aux mêmes fils ; et le point d'orgue, pupille fixe sous un grand sourcil terrifié.

LE RENDEZ-VOUS

UNE sauterelle bondit hors des fèves, vola avec un bruit de quincaillerie, interposa entre les cueilleurs d'oranges et le soleil ses ailes de canevas fin, ses longues cuisses sèches et sa tête de cheval, et épouvanta Rose en lui frôlant les cheveux.

« Hi ! cria Rose.
— Il y a de quoi, approuva Odette qui recula. Qu'est-ce que c'est, cette bête ? Un scorpion, pour le moins. Et gros comme une hirondelle. Bernard ! Je vous demande ce que c'est que ce monstre ? »

Mais Bernard regardait deux yeux bleus effrayés, des cheveux plus bouclés que ne le voulait la mode, une main petite, tendue tout ouverte et conjurant le péril.

Il souleva les épaules en signe d'ignorance. La brune et la blonde gaspillaient les fruits mûrs, prodigues de leur suc, qui se fendaient sous l'ongle. Elles les ouvraient brutalement, buvaient en deux gorgées le meilleur et le plus facile, et rejetaient l'écorce des oranges marocaines, presque rouges, dont la saveur est vive et ne lasse pas.

« J'espère que Cyrille sera jaloux de nous, dit Odette. Qu'est-ce qu'il peut faire, à cette heure-ci ? Il dort. Un loir. J'ai épousé un loir ! »

Bernard s'arrêta de croquer les fèves vertes.

« Vous savez comment c'est fait, un loir ?

— Non, répliqua Odette toujours prête au combat, mais je sais que de manger des fèves crues ça donne mauvaise haleine. »

Il recracha sa fève si précipitamment qu'Odette éclata de son rire méchant et plein d'intentions, jusqu'à ce que Rose rougît.

« Si j'appelais Cyrille d'ici, vous croyez qu'il entendrait ?

— Aucune chance, dit Bernard. L'hôtel est a... oui, à cinq cents mètres à peu près. »

Cependant Odette, qu'aucun avis ne convainquait, criait, les mains en porte-voix :

« Cyrille ! Cy...rî-î-îlle ! »

Elle avait une voix suraiguë, qu'on devait entendre sur la mer, et Bernard grimaça d'agacement.

En voyageurs novices, ils avaient laissé passer les plus belles heures du matin, et le soleil de onze heures leur pesait aux épaules. Mais le vent d'avril, avant d'atteindre les orges jeunes, l'orangeraie, les potagers soignés, le parc à l'abandon, Tanger invisible et proche, courait sur un désert frais d'eau salée, laiteux et clair comme une mer armoricaine.

« Pour moi, décréta Odette, Cyrille s'appuie tranquillement un cocktail à la terrasse de l'hôtel.

— Vous oubliez qu'il n'y a pas encore de cocktails à l'hôtel Mirador. Le matériel est en route.

— C'est donc ça qu'ils voulaient dire quand il nous ont prévenus que la construction n'était pas achevée, dit Odette. Ah ! je ne dirais pas non à un glass... On ira prendre quelque chose au Petit Socco ?

— Mais certainement, dit Bernard d'un ton morne.

— Oh ! vous, quand on essaie de vous sortir de vos orangeades et de vos laits maltés... »

Elle mordit à même une orange comme si ce fût

son prochain, à grands coups de dents. Sa férocité était peut-être de commande. Brune à la manière dure, elle exagérait son rire de cannibale et broyait, entre deux rangées de dents dont elle se montrait orgueilleuse, les noix et les noisettes, et jusqu'aux noyaux de prunes.

Un lézard, ou une petite couleuvre, fila dans l'herbe neuve et Odette perdit toute sa superbe.

« Bernard ! Une vipère ! Oh ! ce pays !

— Pourquoi tenez-vous à ce que ce soit une vipère ? Il n'y a pas de vipères ici. Demandez à Ahmed.

— Lui demander quoi ? Puisqu'il ne parle pas français !

— Je n'en suis pas si sûr que vous... »

Une mansuétude infinie, une gravité tempérée de sourire vague et courtois, protégeaient contre tout soupçon leur guide, serviteur du pacha absent qui ouvrait ses jardins à quelques touristes.

« Qui est Ahmed, en somme ?

— Le fils aîné de l'intendant qui garde et entretient la propriété, dit Bernard.

— Le gosse du pipelet, quoi, traduisit Odette.

— Je préfère ma formule à la vôtre, dit Bernard. Elle est plus...

— Plus polie, n'est-ce pas ?

— Plus exacte aussi. Ahmed n'a rien du concierge. »

Ahmed, qui rêvait par discrétion ou par dédain, choisit sur l'arbre une orange, l'offrit, sur sa paume brune, à Odette.

« Merci, beau blond. Allah vous ait en sa sainte garde. »

Elle fit à Ahmed une révérence comique, poussa quelques petits gloussements, posa la main sur son cœur et sur son front, et Bernard rougit de honte pour elle. « Rien que pour ce qu'elle vient de faire, s'il n'y avait pas Rose, je les laisserais là, et on ne me reverrait pas. Mais il y a Rose... »

Il y avait Rose, veuve vermeille de Bessier le cadet, l'architecte, et son beau-frère le mari d'Odette, Cyrille, qu'on appelait encore Bessier l'aîné. Il y avait Cyrille, et le contrat d'association, pas tout à fait mûr, qui substituerait, à Bessier le cadet, Bernard Bonnemains. « Bernard fait un beau rêve », disait Odette chaque fois qu'elle jugeait utile de rappeler que Bonnemains avait trente ans tout juste, une clientèle hésitante, et peu d'argent.

« J'en ai assez, décréta soudain Odette. Autre chose, ou je rentre. D'ailleurs, je suis fatiguée.

— Mais... on n'a rien fait de fatigant, objecta Rose.

— Parle pour toi », repartit sa belle-sœur.

Elle s'étira, bâilla sans retenue, soupira :

« Ah ! ce Cyrille... Je ne sais pas ce qu'il a, ici... »

« Ça, c'est une manière de nous manger sa tartine sous le nez, songea Bernard. Si je ne me retenais pas, je la rappellerais à la pudeur... »

Mais il se retint, avec un frémissement d'affamé. « Huit jours, huit nuits que je n'ai rien eu de Rose, que de petits baisers volés, et des allusions en langage chiffré à nos amours... »

Les yeux bleus de Rose lui demandaient compte de son humeur taciturne et cillaient humides sous le soleil. Ce bleu généreux des prunelles, ce rose, un peu forcé, des joues et l'or gai des cheveux qui frisaient naturellement, le rouge d'une bouche occupée à boire la ruisselante orange sanguine, toute cette vigueur des couleurs qui jouaient sur Rose, Bernard enrageait qu'elle ne la lui eût pas encore donnée. Car ils n'étaient amants que depuis peu, et il la caressait en aveugle, dans le noir, ou sous un rai triste de lune, sur des lits d'hôtel. « Un de ces jours, je fiche en l'air mes scrupules et ceux de Rose, je dis à Cyrille : « Mon vieux, Rose et moi... parfaitement, ça y est. Et je l'épouse. » Mais il imaginait l'arrière-sourire distant de Bessier l'aîné, le rire injurieux d'Odette et ses laides pensées. « Et d'ailleurs, je n'appelle pas Bessier mon vieux. » Il dédia un regard chargé de rancune à la « cannibale ». Encore une fois, il reconnut en Odette une femelle très femelle, difficile à manier et cherchant la lutte, encore une fois il fléchit et la respecta.

Un nuage assombrit le vert de la mer et des feuillages ; le matinal appétit de Bernard et sa bonne humeur tombèrent.

« Vous ne croyez pas que nous pourrions nous en tenir là ? J'ai l'impression que chez cet aimable pacha nous nous conduisons comme...

— Comme des invités, acheva Odette. Regardez le gentil petit « Bois de Boulogne » que nous lui arrangeons, au pacha. Des mégots à bouts dorés, des enveloppes en cellophane, des cosses de fèves et des peaux d'oranges. Quelques journaux graisseux et des tickets de métro et l'œuvre civilisatrice serait complète. »

Furtivement, Bernard glissa vers Ahmed un regard qui s'excusait. Mais Ahmed, tourné vers la mer, était une parfaite statue de l'indifférence, marocaine et âgée de seize à dix-sept ans.

« Hé ha, Ahmed ! cria Odette. On s'en va ! Finish ! Macache ! Promenade ! Circulez !

— Ne l'affole pas, pria Rose. Qu'est-ce que tu veux qu'il y comprenne ? »

Odette rejoignit l'adolescent, lui planta une de ses cigarettes turques entre les lèvres et lui tendit son briquet. Ahmed tira deux bouffées, remercia d'un signe, et continua d'attendre le bon plaisir des Européens. Il fumait noblement, tenait sa cigarette entre deux doigts fins, et rejetait la fumée en double jet par les narines, comme la chaude haleine d'un cheval.

« Il est beau, dit Bernard à mi-voix.

— Elle s'en aperçoit bien », répondit Rose sur le même ton.

Il fut choqué que Rose eût remarqué, ne fût-ce que dans les yeux d'Odette, la beauté de leur jeune guide.

« Alors, Ahmed, on les met ? dit Odette. Où va-t-on ? »

De sa main levée, Ahmed désigna au-dessus d'eux les sommets du parc inconnu, couronnés de pins, les cistes aux molles corolles, les arbres importés par la fantaisie d'un Américain qui avait dessiné le parc et construit sa demeure un demi-siècle plus tôt. Les trois Français quittèrent les vergers et remontèrent vers les glycines d'un bleu de cascade, les roses suspendues aux thuyas, les genêts et leurs papillons du même jaune, les clématites blanches, transparentes, débilitées par un long abandon... Ahmed les précédait d'un pas nonchalant.

« Il a donc compris votre question ? demanda Bernard à Odette.

— Télépathie », dit Odette avec fatuité.

Ils émergèrent de l'orangeraie et respirèrent, délivrés du parfum de l'oranger en fleur et en fruit.

« Je n'irai pas loin ce matin, déclara Odette. Cet apéro-sanguine m'a coupé les jambes. Qu'est-ce qu'on verra de là-haut ? La même chose qu'ici. De la glycine en stock, de la clématite au kilomètre, et quoi encore ? A main droite, abîme insondable. A main gauche, solitudes inexplorées. Bientôt midi... Si on rentrait ?

— C'est une idée », dit Bernard d'une voix suave.

Ahmed fit halte, et ils l'imitèrent docilement,

devant une petite aire ronde, une ancienne pièce d'eau, envahie par le gazon tendre et la potentille en fleur. La margelle de pierre à demi descellée ne tenait plus en respect les coquelicots ni les soucis sauvages. Un filet d'eau, abandonnant son mascaron tari, sculpté en mufle de lion, courait libre entre des dalles fendues...

« Oh ! s'écria Rose ravie.

— Ça a de la gueule, décréta Odette. Bernard, hein, un motif comme ça sur un jardin-terrasse à Auteuil ? »

Bernard ne répondit pas, mesurant de l'œil l'aire comblée d'herbe forestière. Il sourit de voir qu'au centre l'herbe un peu meurtrie semblait garder la trace d'un corps couché. « Un corps, ou deux ?... Deux corps bien enlacés ne laissent pas plus de traces qu'un... » Sans relever le front, il glissa vers Rose un regard bas de lycéen concupiscent, qui remontait des genoux aux hanches, et des hanches aux seins. « Là, c'est ferme, plutôt rude, comme les pêches à gros duvet, et sûrement un peu jaspé, les vraies blondes ne sont jamais monochromes... Là, c'est probablement bleu comme le lait, et là, oh ! là, franchement rose comme son prénom... Ne voir qu'avec les mains et la bouche dans le noir, je m'en plaignais, mais ne rien voir et ne rien toucher du tout, depuis des jours et des nuits, non, non... De l'affreux hôtel à ce moelleux petit cirque, il n'y a pas plus de... il y a peut-être moins de cinq cents mètres... »

Il appuya sur Rose un regard si explicite et si dur qu'elle rougit presque aux larmes, envahie d'une brûlante couleur de blonde aux abois. « Si je la tenais... » pensa-t-il. Le pouvoir qu'ils avaient l'un sur l'autre était trop neuf pour qu'ils pussent se défendre de telles surprises, et ils subissaient, immobiles, effrayés, l'assaut d'un mal identique, grâce auquel ils se croyaient unis.

« Non seulement ça a une gueule insensée, insista Odette, mais c'est voluptueux. »

Abandonnant Rose à son trouble, Bernard se détourna d'elle avec une lâcheté qu'il nomma en lui-même discrétion. « Garce d'Odette, elle devine tout ! Elle m'a vu rougir, c'est sûr... » Il essuya son front et sa forte nuque. Rose, qui s'apaisait, sourit en reconnaissant le mouchoir bleu qu'elle lui avait donné. « Chérie, qu'elle est sotte quand elle m'aime ! »

Offensée vaguement, jalouse à tâtons d'un désir qui ne s'arrêtait pas sur elle, Odette s'assit à l'écart et fit sa « gueule des îles Fidji ». La frange noire de ses cheveux mordait son front sous un chapeau de piqué blanc, et ses yeux durs maudissaient le beau temps. Lorsqu'elle boudait, elle tenait fermée sa bouche saillante, ordinairement déclose sur le blanc obsédant des dents.

« Elle est laide », constata Bernard avec considération. Car il savait ce que valent de telles laides, lorsqu'elles décident de plaire et d'exaspérer. Bessier l'aîné, qui vieillissait vite, devait aussi en savoir quelque chose...

D'un talon rageur, la laide écrasa un scarabée qui traversait laborieusement la clairière, et Bernard s'empressa vers elle comme pour conjurer un péril :

« Madame Odette...

— Vous ne pouvez pas m'appeler Odette, comme tout le monde, non ?

— Mais avec joie », dit-il promptement.

« Ça va mal, pensa-t-il. La semaine prochaine, elle est capable d'exiger que je la tutoie. Mais je n'ai aucune envie de faire ce qu'il faut pour que ça aille mieux. » Pourtant il accentua, face à l'ennemie, son sourire, le sourire qui avait vaincu Rose.

« Je voulais vous proposer, Odette, vous entendez, Odette ? Hodette ? »

Elle se renversa en riant, montrant l'intérieur de sa bouche, un palais pareil à la figue mûre, son humidité de grotte, et l'enchâssement sans rival de toutes ses dents.

« Voilà.. Oh ! je ne prétends pas que ce soit génial... Pourquoi ne ferions-nous pas, à l'heure du goûter, monter ici du thé à la menthe — Ahmed sait le faire — une boisson à l'orange... Des cornes-du-cadi et des oreilles-de-gazelle...

— C'est le contraire, observa Rose sans malice.

— Des petits trucs aux amandes et aux pistaches...

— Un mot de plus et je vomis, dit Odette. Il ne manque plus que le préfet et le principal du collège. Et comme apothéose ?

— J'y ai pensé, dit Bernard, sur un ton malicieux qui l'écœura lui-même. Comme apothéose, on ne dîne pas, et on se couche à dix heures On se couche, enfin, et, Dieu merci, on se couche sans danseuses à soutien-gorge en tricotine, sans projets, sans cinéma local, sans marche forcée à travers la sacrée ville en pente, on se couche à neuf heures et demie même !... J'ai inventé ça tout seul, et je n'en suis pas médiocrement fier. »

Elles ne répondirent pas tout de suite. Odette bâilla. Rose attendait l'avis d'Odette, qui ne se pressait jamais d'approuver.

« Le fait est... commença-t-elle.

— Oh ! renchérit Rose, ce n'est pas moi qui empêcherai personne de se coucher... »

Tous trois pensaient à leur longue soirée de la veille, commencée dans un café-chantant, sous le plafond de toile d'une courette qui sentait l'acétylène. Conduits par un jeune cicerone volubile, ciré, en smoking et tête nue, ils s'étaient mêlés à un

123

public de quartier qui buvait de l'anis et mangeait du nougat. Sur une estrade, une Espagnole en bas jaunes, qui ressemblait à un panier défoncé, deux commères tunisiennes blanches comme le beurre chantaient de temps en temps... Ils s'étaient arrêtés ensuite à une tanière propre et voûtée, où ils avaient regardé danser une sorte de petite fonctionnaire nue, svelte, les seins bien attachés, qui foulait les dalles d'un pas vif et affairé. Elle montrait tout, sauf ses cheveux, serrés dans un foulard, et ses yeux, qui ne se levèrent pas sur les visiteurs. La danse achevée, elle s'asseyait à la turque sur un coussin de cuir. Elle n'avait d'autre art que de se mouvoir avec modestie et de tenir son sexe invisible, ingénieusement...

« C'était triste, cette petite qui dansait nue », dit Rose.

Bernard lui fut reconnaissant d'avoir pensé, en même temps que lui, la même chose que lui... Odette haussa les épaules.

« C'est pas triste. C'est fatal. A Madrid, on va voir les Goya. Ici, on n'y coupe pas des Kabyles nues. Mais je vous accorde que ça ne valait pas le coup de trois heures et demie... »

« Si, pensa Bernard, mais sans elle, et sans Rose. Sans femmes. On ne peut pas demander à des femmes de remiser leur indécence particulière et leur instinct de comparaison. L'attention d'Odette m'aurait gâché n'importe quel plaisir. On lisait tout ce qu'elle pensait. Elle se disait : « Cette Zorah, ses seins n'en ont pas pour trois ans. Moi, j'ai le dos plus long que cette Zorah. Moi, j'ai les seins plus pomme, moins citron. Moi, j'ai mon petit truc fait tout autrement... »

Il se sentit gêné d'imaginer le détail d'un corps féminin qui n'était pas son fief, et il rougit en rencontrant le regard d'Odette. « Cette femelle devine tout... Jamais je n'arriverai à ce que je veux faire ce soir... Rose n'aura jamais le courage... »

Ahmed semblait écouter au loin les voix de Tanger invisible, et il releva sa manche de linge blanc pour lire l'heure à son poignet. Il se pencha sur le petit cirque d'herbe moelleuse et foulée, cueillit une fleurette de sauge bleue qu'il glissa entre son oreille et son fez. Puis il retomba à son immobilité, les paupières et les cils couvrant ses grands iris obscurs.

« Ahmed... »

Bernard l'avait appelé presque à voix basse; Ahmed tressaillit.

« Nous redescendons, Ahmed. »

Pour consulter Odette et Rose. Ahmed tourna vers elles son sourire auquel elles répondirent toutes deux avec une promptitude, une complaisance identiques qui déplurent à Bernard. Les babouches, les chevilles agiles et sans chair d'Ahmed montrèrent le chemin; Bernard notait les virages et les repères : « C'est facile comme tout... La première bifurcation montante de la grande allée... Et d'ailleurs on entend tout de suite cette petite chanson de l'eau... » Mais il restait mécontent, las avant le milieu du jour, lâche sous la lumière et la chaleur croissantes. Pourtant il eût voulu disposer du domaine vaste, qu'il croyait particulièrement oriental.

« Je dirais adieu à Odette et à Bessier. Je m'enfermerais avec Rose. Je garderais Ahmed et la petite Marocaine que nous avons vue en bas, qui est si farouche... »

Sur la pente, ils revirent, en rebroussant chemin, les cèdres bleus et les pins, et plus bas les buissons d'arums blancs qu'Ahmed, dédaigneux, décapitait au passage.

125

Plus bas, suivie de ses poules blanches, une fillette très brune traversa devant eux le chemin. Elle avait les cheveux tressés en corne d'Ammon, l'épaule un peu nue, les seins comiques sous la mousseline indigène.

« Ah ! voilà la gentille petite que nous avons vue près des cuisines », s'écria Odette.

La gentille petite lui jeta un regard outrageant et disparut.

« Succès !... Ahmed, comment s'appelle-t-elle ? La petite, oui, là... Ne fais pas l'idiot, ça ne prend pas avec moi. Comment s'appelle-t-elle ? »

Ahmed hésita, battit les cils.

« Fatime, dit-il enfin.

— Fatime, répéta Rose. Comme c'est joli... Elle n'a souri qu'à Ahmed. A nous, quelle tête !...

— Elle a une bouche merveilleuse, dit Bernard, et ces dents épaisses que j'adore...

— Que j'adore ? répéta Rose. Rien que ça ! Odette, tu entends ?

— J'entends, dit Odette. Mais je m'en fous, de ce qu'il dit. J'ai mal aux pieds. »

Ils atteignirent la clôture démantelée du parc. En s'attardant à remercier, d'une poignée de main, Ahmed toujours muet, Bernard remarqua qu'un portillon manquait, qu'un cadenas traînait, rouillé, au bout d'une chaîne inutile...

Les trois compagnons s'engagèrent sur la petite voie peu ombragée, barbelée de figuiers-castus, Odette marchait en avant, les yeux presque clos entre sa frange noire de cheveux et sa barre blanche de dents. Rose se tordit la cheville et gémit. Bernard, qui la suivait, la prit par le coude et la soutint en lui serrant méchamment le bras.

« Vous aussi, alors, vous êtes mal chaussée ? Toutes les deux, vous ne pouviez pas venir en Afrique avec d'autres souliers que ces absurdes choses en daim blanc ?

— Non, mais, c'est ça, gémit Rose, ça ne suffit pas que je me sois fait mal, il faut encore que...

— Laisse donc, interrompit Odette sans se retourner. C'est encore un de ces types qui vous disent : « Mettez donc des espadrilles » et après ils vous en veulent parce que, sans talons, toutes vos jupes pendent par derrière... »

Bernard ne répondit rien. L'heure de midi, qui décourageait ses deux compagnes fatiguées, le rendait féroce. Il regardait autour de lui la mer qui semblait descendre en même temps qu'eux, se résorber derrière les collines crépues, les champs printaniers et vides, les petites propriétés fleuries et silencieuses. « Ce n'est pas une heure pour traîner dehors... Et ces deux femmes ! L'une trottine, bute du devant, l'autre boite. Et pour leur conversation, l'une vaut l'autre. Je me demande ce que je fais ici... »

Comme il le savait fort bien, il s'imposa d'être moins revêche, et prit un peu de plaisir aux hirondelles qui fauchaient l'air au ras du sol, viraient court avec un sifflement de bise.

L'enclos plâtreux sur lequel le Mirador-Hôtel comptait, dans un proche avenir, dessiner ses jardins arabes et ses parterres d'eau, se contentait d'un patio jaune, dont les arcades basses et épaisses échangeaient, en réverbération, les variations de la couleur jaune. L'une verdissait près d'une touffe de folle avoine ; une autre, qui abritait des géraniums rouges, atteignait le rose carné des melons d'eau. D'une jatte emplie de cinéraires bleues émanait, sur le mur jaune, un reflet bleu, une sorte de mirage d'azur. Le peintre jugulé ressuscitait au profond de Bernard Bonnemains.

« Quelle lumière... Pourquoi ne pas me laisser tenter par une vie longue, immobile, ici... Non, plus loin qu'ici... J'aurais une petite concubine, ou deux... » Il se reprit par décence. « Ou bien Rose. Mais avec Rose ce ne serait ni possible, ni pareil... »

Un parfum d'anis accrut son besoin de boire. Il tourna la tête et vit Bessier l'aîné, qui écrivait assis à une des petites tables.

« Tu es là, Cyrille ! s'écria Odette. Je parie que tu descends seulement ! »

Mais Bonnemains avait déjà vu que la table portait trois verres, et que sur un autre guéridon, entre des citrons vidés, des gobelets et des siphons, traînaient des feuillets bleuâtres arrachés au bloc-notes de Bessier. Il ramassa d'un coup d'œil tous ces détails, avec une jalousie professionnelle aussi prompte et plus intelligente que la suspicion féminine.

« Tu te trompes, répondit laconiquement Bessier. Bonne promenade, vous autres ? »

Il leva un instant sur les arrivants son regard d'ancien beau blond, puis se remit à écrire. Chevelu, mais dédoré, il affectait une coquetterie d'avant-guerre, aimait les vêtements presque blancs, ramenait une mèche argentée sur son front, jouait de ses cils pâles et de sa myopie.

« Il me gêne comme une vieille belle, songeait Bernard. Je n'ai rien à lui reprocher, sauf d'être le beau-frère de Rose... »

Habituées à se taire quand Bessier travaillait, les deux femmes attendaient, assises, leurs chapeaux sur les genoux. Rose, en glissant vers Bernard un sourire un peu mendiant, lui rendit le sentiment du pouvoir qu'il avait sur elle. « C'est tout de même exceptionnel, une blonde, cent pour cent blonde. Comme dit si gentiment Odette : à vingt-cinq ans rose, à quarante-cinq ans couperose. En attendant, elle est magnifique. » Il suivait sur le cou nu de Rose, sous son menton, au travers de ses narines, les yeux carminés de la lumière et se sentait grande envie de la peindre. Elle s'y trompa et baissa les yeux.

« J'ai fini, dit Bessier. Comme il y a un courrier cet après-midi... Vous ne rentrez que pour la croûte, vous autres ? Bonnemains, vous avez l'air déçu. Congestionné, mais déçu. Ça ne valait pas le voyage ? »

Il tamponnait du bout des doigts ses yeux bombés et sensibles et souriait avec une condescendance machinale.

« Si... si, dit Bernard hésitant.

— Si, si, s'écria Rose, c'est adorable ! Et nous n'en avons pas vu le quart ! Vous auriez dû venir, Cyrille. Quelle végétation ! Et les oranges ! Si je n'en ai pas mangé vingt, je n'en ai pas mangé une !... Et les fleurs ! C'est fou ! »

Bernard la regarda, étonné. Sa Rose, à lui, ne ressemblait pas à cette belle petite bourgeoise volubile. Puis il se souvint que la Rose des frères Bessier se devait de faire l'enfant, de rougir souvent et de gaffer un peu, sous les rires attendris et indulgents. Il serra les mâchoires : « Ça te passera, Rose... »

« Et la villa ? demanda Bessier. Comment est la villa ? Aussi moche qu'on dit ?

— La villa ?

— Pas plus de villa, dit Odette, que de...

— C'est peut-être la direction de la villa, dit Bernard, qu'Ahmed désignait vers le haut de la colline ?... Ces dames n'ont rien voulu savoir. Et comme Ahmed ne parle pas français... »

Bessier haussa les sourcils :

« Il ne parle pas français ?

— Qu'il dit, insinua Odette. Moi, j'ai mon idée là-dessus. »

Bessier se tourna vers Bernard, lui parla comme à un enfant de huit ans :

« Mon petit Bonnemains, ne vous inquiétez pas de la villa, j'ai tout ici.

— Vous avez tout ? Tout quoi ? »

Bessier poussa sur le guéridon deux ou trois feuilles de bloc-notes, un plan jauni et couturé, une vieille photographie :

« Voilà, dit-il théâtralement. Pendant que vous preniez du bon temps, moi... »

Rose s'était levée, et de ses cheveux frisés, dorés, durs, frôlait l'oreille de Bernard en se penchant sur la photographie. Mais Bernard, tendu, ne pensait guère à Rose. La vieille photo roussie l'occupa entièrement.

« La villa, expliqua Bessier — on dit ici : le palais — c'est ce pâté énorme et noir.

— M...moui, dit Bernard, je vois, je vois. Et alors ?

— Alors, conta Bessier, j'ai donc eu ici, ce matin... des types. Un nommé Dankali. Un nommé Ben Salem, un nommé... euh... Farrhar, avec un h, qui est fondé de pouvoirs. Odette et Rose, laissez mon anis tranquille, voulez-vous ? Si vous en voulez, comme dit Marius, faites-vous-en vous-même... Farrhar m'a même dit qu'il avait commencé à Paris, autrefois, des études d'architecte, qu'ainsi il se trouvait être un peu mon confrère... Bien honoré. L'architecture mène à tout, à condition d'en sortir... Il est très élégant. Il a une perle à sa cravate, et un diamant bleu au doigt.

— Bleu ? s'écria Rose.

— Gros comment ? demanda avidement Odette.

— Comme mon poing. Avez-vous fini de téter mon anis, à la fin ? J'ai horreur qu'on boive avec mes pailles. Je suis très dégoûté, vous le savez bien ! »

« Moi aussi », pensait Bernard. A voir Odette et Rose penchées, la paille aux lèvres, sur le gobelet de Cyrille, il pinçait la bouche de côté et avalait sa salive, comme chaque fois que le hasard lui montrait Rose familièrement liée au couple Bessier. Il détestait que Bessier allumât pour Rose une cigarette, prêtât à Rose un mouchoir pour s'essuyer les doigts ou les lèvres, élevât jusqu'aux lèvres de Rose la cuiller et le morceau de sucre imbibé de café...

« ...Les trois types valaient d'être vus, continuait Bessier. Dankali, c'est l'entrepreneur...

— Je sais », dit Bernard.

Bessier laissa voir sa surprise :

« Comment, vous savez ?

— Les camions, les chantiers, les palissades, les maisons en construction célèbrent « Dankali et ses fils », dit Bernard. Vous n'aviez pas remarqué ?

— Non, ma foi. Mais maintenant je ne l'oublierai plus. »

Il prit un temps, tapota doucement les globes de ses yeux.

« C'est une affaire. On rase la villa jusqu'aux fondations et on recommence. Le pacha s'est décidé.

— Bravo, dit Bernard. Est-ce que ça ne va pas prolonger votre séjour ici ?

— Au contraire. Je reviendrai, nécessairement, toute la baraque sur plans, en septembre.

— C'est juste. »

Bessier, rêveur, parut n'avoir rien à ajouter.

« Il a dit : je reviendrai. Il n'a pas dit : nous reviendrons, pensait Bernard. Brave salaud, va. »

Les deux femmes, habituées à se taire jusqu'au terme des entretiens professionnels, se tenaient désœuvrées sur un banc. « Si je lui demande comment il a eu l'affaire, songeait Bernard, il me le dira peut-être... Ça m'avancerait à quoi ?... »

Il se reprocha le petit frisson qui séchait sa sueur légère, et la terrible jalousie de métier qui lui gâtait sa journée.

« Je digérerai ça comme le reste. Et encore, le digérerai-je ? Depuis notre arrivée, je suis de mauvais poil. La vérité, c'est que, sauf Rose, je ne peux plus voir mes compagnons. » Il regarda autour de lui, reposa son regard sur deux mains brunes et dures, sur deux avant-bras couleur de chêne qui, à quelques pas, versaient et tassaient la terre humide au pied des daturas, sous les arcades. Sur le seuil des cuisines, un petit enfant tout rond, coiffé d'un fez, trébucha, roula à terre et rit. Au-delà des sifflements des martinets gris, qui buvaient au vol dans la fontaine neuve, un chant tremblé s'éleva, traîna dans l'air ses notes longues, ses intervalles de seconde augmentée, et desserra le cœur contracté de Bernard Bonnemains... « Je voudrais vivre avec ceux-là, les gens d'ici. Il est vrai que, pour la plupart, ils ne sont pas d'ici... » Ses yeux revinrent à Rose, qu'il vit inquiète de lui, vermeille et décoiffée. « Celle-là, elle va payer pour les autres ! Je jure bien qu'elle y passera ce soir, et comment ! Et si elle se fait pincer, si nous nous faisons pincer, eh bien... eh bien ! je n'y vois pas d'inconvénient. »

Il ne put s'empêcher d'admirer l'attitude de la « naturelle des îles Fidji ». A l'annonce de la « grosse affaire », elle n'avait manifesté son appétit et sa joie que par un bref sursaut de feu dans le regard. Maintenant, elle peignait sa frange, et ses cheveux brillaient au soleil, bleus comme des cheveux de Chinoise. « Elle garde tous les : comment ? combien ? quand ? pour le tête-à-tête. A sa manière, elle est une bonne femelle. » Il se tourna vers Rose qui, par imitation, démêlait sa rude frisure dorée et chantonnait. « Oh ! celle-là, le temps qu'elle comprenne... Mais elle est tout entière faite, admirablement, pour la consommation. » Son désir le reprit, l'incommoda, mais en même temps lui rendit la perception du printemps africain, de sa propre force, du présent agréable. Il bondit sur ses pieds, et cria :

« Manger ! Manger ! A table, ou je ne réponds plus de rien ! »

Puis il s'engouffra, gesticulant, dans l'escalier. Derrière lui éclatèrent des cris suraigus, qui exprimaient l'épouvante. Il comprit que c'étaient ceux du petit enfant potelé, coiffé d'un fez à sa taille, et il regretta de s'être comporté comme un énergumène.

Attablés quelques minutes plus tard, les quatre compagnons mangèrent les grosses crevettes tendineuses, les artichauts farcis et l'agneau de lait ; Bessier l'aîné, une rose à la boutonnière, remit en vain la conversation sur l'affaire de la villa.

« Bonnemains, quel est votre avis ? Farrhar ne m'a pas caché que le pacha, d'avoir passé un été à Deauville, s'est pris de passion pour les constructions normandes, à croisillons de poutrelles. Du cottage normand à Tanger, ça, non, ça... Bonnemains, mon petit, je vous parle ? »

Beaucoup moins déférent que de coutume, Bonnemains lui riait au nez, montrait ses belles dents pour tenter Rose :

« J'entends bien, cher ami, j'entends bien... Mais je suis premièrement un peu saoul de ce soleil, de ce pays, de ce vin blanc épais qui colle la langue... Deuxièmement, j'ai horreur de me mêler des affaires des autres... Vous ne le saviez pas ? »

Bessier l'aîné souleva ses cils blonds, posa, sans motif apparent, sa main sur l'avant-bras de Rose :

« Non, mon petit, je ne savais rien de tout ça... Rose, pêchez-moi un bout de glace dans le seau. Merci. J'aime mieux votre main que celle du garçon espagnol. »

Il prit le temps de boire avant d'ajouter, avec une bonne grâce trop marquée :

« Mes affaires ne seront pas toujours « les affaires des autres » pour vous, Bernard. Du moins, j'ose l'espérer. »

« Oui, oui, toujours des gentillesses sans date, pensait Bernard. Il se fout de moi et je lui dois encore des remerciements. Qu'est-ce que je pourrais lui dire ? Il attend évidemment une formule de gratitude... »

« Mon cher Cyrille, personne n'est aussi maladroit que moi à manifester une reconnaissance qui... Je voudrais tellement, surtout à votre égard, faire mes preuves avant que vous me fassiez officiellement confiance...

Au mot « officiellement », Bessier dévoila encore une fois ses yeux bleuâtres, qu'il fixa un moment sur Bernard. Il sourit dans le vague, retira de sa boutonnière la rose thé, et la respira longuement, interposant entre Bernard et lui la rose et la main pâles. Bernard fut bien obligé de se contenter d'un manège dont la coquetterie disait : « Chaque chose en son temps », ou « cela va de soi ».

Odette fumait discrètement et ne s'était permis ni sourire allusif ni regards chargés de sens. « Beau dressage, pensait Bernard. Je n'arriverai pas à un pareil résultat avec Rose. Ou bien alors à grands coups de pied dans le... » Il rit et redevint le Bernard Bonnemains que lui-même tenait pour véridique, un fort garçon agréable, plutôt optimiste, qui échappait par la colère à une foncière timidité, et porté à convoiter les biens d'autrui quand il les voyait de trop près.

Un café amer et noir retenait assis les deux couples. L'air chaud montait du gravier, l'air frais venait d'en haut, salé et sentant le bois de cèdre. Rejoint par le soleil tournant, Bessier plia un journal en forme de chapeau, s'en coiffa et ressembla d'une manière intolérable à un portrait de dame mûre par Renoir. Bernard n'en put soudain supporter davantage et il se leva en renversant sa chaise sur le gravier.

« Si je meurs d'une maladie de cœur, grogna Odette, je saurai à qui je le dois.

— De la douceur, de la douceur... commença Rose, plaintive.

— Une petite colique de ventre, cher ami ? minauda Bessier sous sa capeline imprimée.

— Oh ! Cyrille ! » blâma Rose.

« J'aurais pu répondre, pensait Bernard en gagnant sa chambre, qu'en effet je souffrais d'une sacrée indigestion... Chacun des trois vient de dire ce qu'il avait à dire. La vie n'est plus possible... »

Il verrouilla sa porte, baissa les stores et tomba sur son lit. La fenêtre, entrebâillée, laissait monter des bruits dont aucun n'était africain, vaisselle brutalisée, râteau mollement traîné, sonneries téléphoniques... La sirène d'un bateau emplit l'air, couvrit tous les autres sons, et Bernard, détendu jusqu'aux larmes, ferma les yeux, ouvrit ses poings serrés.

« Qu'est-ce que j'ai ? Qu'est-ce que j'ai ? Besoin de faire l'amour, évidemment. Ma Rose, ma petite Rose... la rose de ma vie... »

Il se retourna d'un saut de carpe. « Ces noms-là lui vont aussi mal qu'à moi de les prononcer. Elle est ma Rose, ma belle petite bonniche blonde, ma jolie blanchisseuse en or... » Il fut interrompu par une sorte de sanglot d'impatience, qu'il maîtrisa, mais où il ne put trouver trace de tendresse. « Assez de chichis. Ce soir, nous allons en promenade, Rose et moi. »

Sur les lames de bois des stores, il inscrivit l'ancien rond d'eau du parc abandonné, envahi par le foin fin, le filet d'eau détourné du mascaron asséché, et Rose renversée... Mais une sorte de mauvaise volonté gâtait sa complaisance et son espoir, et il refusa d'être sa propre dupe : « Oui, je sais bien, toute cette histoire serait plus jolie si Rose était pauvre. Mais si elle était pauvre, je ne penserais pas à l'épouser. »

Le sommeil le prit d'un assaut si brusque, qu'il n'eut pas le temps de s'étendre commodément. Il dormit de travers, un bras retourné, la nuque pressée par l'oreiller de plume, et ne s'éveilla, courbatu, que lorsque le soleil eut changé de fenêtre. Avant de soulever sa nuque moite, il aperçut sous la porte la corne d'une enveloppe. « Qu'est-ce qu'il y a encore de cassé ? »

« *Nous sortons*, écrivait Rose. *Cher ami, nous ne voulons pas troubler votre repos...* »

« Nous, nous, qui ça, nous ? Je la lui apprendrai, moi, la solidarité familiale ! » Dans la glace, il vit son image en désordre, la chemise remontée, le pantalon sans ceinture et la chevelure en huppe, et se trouva laid.

« *Cyrille a une grosse migraine, et demande en grâce qu'on se couche de bonne heure, après avoir dîné à l'hôtel. Comme d'habitude, Odette, épouse admirable, se range à l'avis de Cyrille. J'avoue que moi-même...* »

Bernard courut aux fenêtres, leva les stores et se pencha sur le patio rafraîchi, baigné jusqu'au lendemain d'ombre et d'eau pulvérisée. Le jet d'eau, debout dans sa vasque, chancelait sous la brise. Au-delà des arcades régnaient le bled plâtreux et sa flore de pulpeux arums blancs.

Il attendit, nu, que la baignoire s'emplît. Son corps jeune, un peu lourd, sans tare ni cicatrice, lui plut, et dans l'attente de Rose il goûta un moment d'angoisse enchanteresse, comparable à la quinzième année, où le désir est si vif qu'il consume presque son objet, et l'oublie.

Baigné, rasé, fleurant bon, de clair vêtu, il descendit et s'arrêta sur le seuil du jardin, portant imprudemment sa joie sur son visage.

« Vous avez l'air d'un premier communiant, dit la voix de Bessier.

— Je vous sens d'ici, dit Odette. Vous avez eu la main un peu lourde. Votre « Contre de quarte », j'ai toujours dit que ce n'est pas une eau de toilette pour homme.

— Par contre, j'aime beaucoup la chaussette de laine blanche, dit Bessier.

— Moi, reprit Odette, j'aurais voulu une cravate moins bleue. Avec un complet gris, une cravate vraiment bleue c'est aussi cucu qu'un bouquet de bleuets à la boutonnière. »

Assise près de son mari, elle s'accotait à lui de l'épaule. Injurieux et unis, ils mesuraient l'arrivant comme un cheval. Autant que leur insolence, leur accord parut offensant à Bernard :

« Vous avez fini ? dit-il brutalement.

— Dites donc, vous !... » cria Odette.

D'une main posée sur son bras, blanche, lourde, Bessier la retint.

« Nous avons fini, dit-il affectueusement à Bernard. Ne vous fâchez pas que vos amis soient sensibles à tout ce qui signale, sur vous, l'envie d'être beau et heureux.

— Je ne... je n'ai pas particulièrement envie... » protesta gauchement Bernard.

Son sang battait sous ses oreilles, et il passa son index entre son cou et le col de sa chemise. Il eut peur de ne pouvoir tolérer le petit rire d'Odette, mais Bessier veillait à tout et s'en prit à sa femme :

« Tu as touché à la hache, c'est-à-dire à la cravate ! Insulte ma mère, mais ne viens pas insinuer que ma cravate est mal choisie ! »

Il lui parlait avec une aménité paternelle. Soudain, il la prit par la nuque et l'embrassa sur sa bouche hargneuse, sur ses dents lumineuses et mouillées. « Il est immonde, ce type », pensa Bernard. Mais il n'imagina pas sans un frisson la régulière perfection, le froid des dents que Bessier avait baisées. Il se détourna, fit quelques pas, revint vers le couple.

« Car c'est bien un couple », reconnut-il. Bessier flattait, d'une main de maître indifférent, l'épaule d'Odette muette et adoucie. « Un couple, c'est rare, entre mari et femme... » Il se sentit chagrin, en dépit du doux crépuscule vert et du vent qui portait l'arôme du thé à la menthe.

« Voici notre Rose », annonça Bessier d'un ton de voix étudié.

Bonnemains, qui avait reconnu le petit pas court, évita de se retourner, de courir, mais une apostrophe d'Odette lui retira sa prudence.

« Qu'est-ce qu'il y a, toi, qui ne va pas ? »

Il vit que Rose, sur la robe un peu froissée qu'elle gardait depuis le matin, avait jeté son imperméable bleu sombre, et qu'elle avançait la tête penchée, avec un petit sourire de martyre courageuse.

« Tu as perdu un parent ? cria Odette.

— Oh ! j'ai une de ces migraines... C'est cet après-midi... Tu m'as traînée dans la rue aux boutiques... Moi, cette odeur de cuir qu'il y a partout ici, je ne peux pas la supporter. Je m'excuse, Cyrille et Bernard, je n'ai pas eu le courage... Je suis restée comme j'étais, sans changer de robe, toute moche.

— Moche mais embaumée, remarqua Odette. Ce que tu peux aimer les parfums quand tu as la migraine ! N'est-ce pas, Bernard, qu'elle sent bon ?

— Epatamment, dit Bernard avec désinvolture, elle sent, attendez... la tarte à la frangipane... J'adore ça... »

Il fit mine de mordre à même le bras nu de Rose, qui outra sa mauvaise humeur et s'assit tout près de Cyrille.

« Ou bien nous sommes au-dessous de tout comme comédiens, pensait Bernard, ou bien les Bessier respirent, autour de Rose et de moi, une sorte de révélation. N'empêche que l'enfant est plus maligne que je n'aurais cru. La voilà équipée, un truc sombre sur sa robe claire, une robe froissée d'avance au vu et au su de tout le monde. C'est vrai que pour tromper, la plus bête a du génie... »

« Eh bien ! nous irons tous nous coucher de bonne heure », dit Odette après un silence réfléchi, et sur le ton de la résignation.

Ils eurent un dîner étrange, servi dans le patio, sous une ampoule électrique nue, qui se couvrit de petits bombyx empressés à mourir. Rose fit mine de ne pas manger, puis dévora. Bernard exigea du champagne, poussa les trois convives à boire. Les deux femmes d'abord résistèrent, puis Odette poussa son verre vide sur la nappe vers Bernard, comme un pion sur un échiquier, et but coup sur coup, en se donnant juste le temps de respirer à grands traits entre chaque rasade. Elle exhalait de grands « ah ! » comme si elle avait bu au robinet, et l'éclat de ses dents entre ses lèvres, son palais mouillé et sa langue dans sa bouche ouverte éblouissaient Bernard malgré lui. « Pourtant Rose aussi a une belle bouche saine et tentante. Mais la grande gueule d'Odette dit autre chose... » Bizarrement, Odette, après une crise de fou rire, essuya des larmes. Elle saisit le bras nu de Rose et Bernard voyait les doigts plats, les ongles laqués de rouge-noir, marquer en creux dans la chair. Rose ne se plaignit pas, mais parut frappée de peur et détacha de son bras les doigts qui le tenaient, avec lenteur et précaution, comme une ronce. Bernard emplissait les verres, vidait le sien. « Si je m'arrête de boire, si je regarde de trop près ces gens-là, je plaque tout et je fous le camp... »

Il les regardait pourtant, et surtout il regardait Rose. Ses cheveux s'élargissaient en roue, elle avait les joues et les oreilles pourpres, un cerne plus pâle autour des yeux, les yeux brillants et sans importance, mais sa bouche tremblante avait une expression majestueuse et déshonorée, comme après une longue étreinte. Au moment où ils cessèrent tous les quatre de boire et de parler, elle sembla si défaite que Bernard craignit qu'elle refusât de le suivre...

Mais soudain elle se leva, raide, et déclara qu'elle montait se coucher.

« Pas tant que moi, dit Bessier, mais permettez que je porte un toast à celle qui nous écoute et nous regarde... »

Il saisit son verre et leva vers le ciel ses yeux bleuâtres que troublait le vin. Bonnemains suivit son regard et vit, stupéfait, une lune rose, à mi-chemin d'être ronde, qui entrait dans le ciel carré du patio.

« Ça, par exemple... J'avais oublié la lune. Et puis tant pis. Et puis crotte. En son second quartier et un peu embrumée, la lune ne donne pas beaucoup de lumière... Ce n'est pas la lune qui nous empêchera de... »

« Alors, dit sombrement Odette, je vais me coucher aussi. Et vous, Bernard ?

— Eh! eh! dit Bonnemains, je ne m'engage à rien, moi, je suis garçon, moi... je n'ai pas renoncé aux voluptés d'Afrique, moi... »

Quand il les vit tous trois disparaître dans l'escalier, veuf encore d'ascenseur, il se sentit à bout de force et de patience. Son dernier geste de sociabilité lui coûta un terrible effort : il répondit de la main et de la voix au salut de Bessier, qui gravissait les marches derrière Rose. « Il monte comme un vieux. Il a un dos de vieux... » Avant que le trio n'eût disparu, il crut voir la main du « vieux » se poser sur la fesse de Rose. Le second tournant de l'escalier, au premier étage, lui permit de voir Bessier distancé par les deux femmes. « Je me suis trompé... J'ai bu juste un ou deux verres de trop... » Il interrogea la moitié de lune qui rapidement gagnait le haut du ciel. « Pas un nuage. Tant pis. » Il attendit que les petits Espagnols en veste blanche tachée eussent desservi, réclama un verre d'eau glacée. « Je sens le vin et le tabac. Après tout, Rose aussi. D'ailleurs, Dieu merci, elle est une femme à qui les choses du corps humain ne font pas peur, une vraie femme... »

Il guettait la lumière dans la chambre de Rose. « Elle est en train de se brosser les dents avec beaucoup de parfum dans le verre à dents. Elle fait un tas de petites toilettes, à mon gré superflues. Elle cause avec Odette, à travers une porte fermée — ou une porte ouverte... J'en ai pour un bout de temps. »

Les fenêtres des Bessier s'éteignirent. Dix minutes plus tard, celle de la chambre de Rose devint noire. Alors Bonnemains s'abrita sous les arcades et s'achemina vers une porte étroite qui ouvrait l'enclos sur le terrain vague.

En écrasant sous ses semelles les déchets de plâtre, les tessons de vaisselle, en caressant au passage les arums blancs qui buvaient, rigides, l'humidité de la nuit, il traversa le purgatoire blanchâtre.

A mi-chemin de la mauvaise petite route qui menait au parc du pacha, la mer, comme un miroir voilé, apparut au loin. « Que c'est beau... Une ligne horizontale, le ciel doucement appuyé sur elle, et ce sourd reflet en forme de barque. Il n'en faut pas davantage, il n'en faut pas moins pour que je ne sois plus ni injuste, ni envieux, ni rien de ce que je n'aime pas être... »

Adossé à la palissade rompue, rassuré par l'absence de chiens et de clôture, il admirait le bloc noir des cèdres, çà et là le vert moins obscur, divisé mollement en cumulus, des mimosas chargés de fleurs et de parfums. Au-dessous de lui, la ville assoupie n'émettait qu'une lumière faible et par instants le silence égalait celui que l'homme ne goûte qu'en ses songes. Pendant un de ces moments, Bonnemains perçut un bruit de pas inégaux, et vit sur le mauvais chemin une ombre mal assurée : « Formidable ! s'écria-t-il en lui-même ; je ne pensais plus à elle. »

Il courut, renoua contact avec un corps sans entraves, un parfum indiscrètement prodigué, les cheveux drus, un souffle haletant.

« Te voilà ! Rien de cassé ?
— Non...
— Les Bessier ? Tu n'as pas fait de bruit ?
— Non...
— Tu n'as pas eu peur ?
— Si... »

Il la tenait solidement par les coudes, goûtait surtout le plaisir de la tutoyer. Elle levait son visage vers lui, et sous la nocturne lumière ses belles joues se teignaient de bleu livide, de violet sombre sa bouche fardée. « Je ne la posséderai donc jamais rose et blanche, et rouge, et dorée ? » Il écarta l'imperméable de soie pour toucher la robe, froissée depuis le matin exprès, et ce que couvrait la robe, et Rose se fit immobile pour ne rien perdre de la caresse.

« Viens, je te dis... »

Il passa son bras sous le bras nu, et ils franchirent par une brèche la limite du parc.

« Tu vois, cette allée-là monte tout droit, et puis elle se dédouble, et c'est celle de gauche qui nous mène au gazon fin, à notre lit bordé de pierre et de fleurs... Rose, Rose... Je te tiens... »

Elle pesa sur son bras, s'arrêta :

« C'est noir.

— Je l'espère bien ! Tu peux fermer les yeux, si tu ne veux pas voir le noir, je te conduirai.

— Tu es sûr ? Bernard, c'est noir. »

Il rit à voix basse, d'un air supérieur.

« Laisse-toi faire, petite imbécile, froussarde, je te préviendrai quand nous serons arrivés. »

Elle lui rendit sa confiance et se serra contre lui. Mais dans le chemin montant et raviné, Bonnemains ne reconnaissait guère l'allée qui lui avait paru facile. Il détacha Rose de son épaule et la guida par la main. Sa main libre tâta dans sa poche la petite lampe électrique, mais il se garda d'en user. L'épaisseur forestière se défendait contre le clair de lune, et au bout de peu d'instants, Bernard sentit monter en lui l'énervement, l'appréhension que délèguent, vers l'homme qui les brave, l'heure la plus obscure de la nuit et l'ombre renforcée par l'ombre. Il buta, jura, et fit jouer le déclic de sa lampe. Un tunnel de clarté, rond et bordé d'arc-en-ciel, refoula l'obscurité.

« Non ! cria Rose.

— Il faut pourtant savoir ce que tu veux, mon petit ! Tu te plains que c'est noir et tu refuses de voir clair... »

Il éteignit aussitôt, ayant reconnu qu'ils étaient dans le bon chemin. En outre, la voûte des arbres s'ouvrit, et dans une rivière de ciel des étoiles palpitèrent.

« Nous arrivons », ajouta Bernard plus doucement, apitoyé de sentir que, dans sa paume, la main de Rose devenait moite sans s'échauffer. Mais elle ne parlait pas et s'appliquait à le suivre ; il n'entendait que son souffle rapide. Par deux fois, il éclaira la route, le temps de reconnaître sur leurs têtes les clématites blanches, puis un pont de glycines à grappes longues...

« Tu sens leur parfum ? » demanda-t-il tout bas.

Il l'embrassa au jugé, rencontra la bouche de Rose, qui reprit à la sienne la chaleur et l'impatience amoureuse. Ils repartirent, peinant comme s'ils halaient un fardeau, s'aidant de petits sondages de lumière. Enfin, ils trouvèrent la bifurcation de l'allée, la gracieuse margelle fleurie et le mascaron, le filet d'eau détourné qui étincela sous le jet blanc de la lampe.

« Assieds-toi là, le temps que j'inspecte notre gazon... »

Rose défit son imperméable et le tendit à Bernard.

« Tiens, étale ça par terre, avec l'envers en dessus.

— Pour quoi faire ? dit-il naïvement.

— Mais... pour... enfin, voyons... »

Elle mit son bras sur ses yeux pour se protéger du projecteur. Il comprit et fut plein de gratitude envers une Rose qu'il connaissait encore mal, la Rose ensemble pudibonde et pratique, une bonne compagne de lit, toute dévouée aux matérialités de l'amour.

« Je pose la lampe sur le rebord, ne la fais pas tomber ! chuchota-t-il.

— J'en ai une aussi dans mon sac, répliqua Rose. Regarde bien s'il n'y a pas de bêtes. »

Le filet d'eau vertical, blanc sur le fond de verdures, rencontrait en chemin un reste de mosaïque qui le conduisait hors de la margelle, à l'intérieur de laquelle le gazon était fin et sans mystère. De petites ailes effarées quittèrent les branches, éveillées par le rayon électrique. Bernard enjamba la margelle, se pencha pour tâter l'herbe et se releva d'un sursaut.

« Quoi ? Des bêtes ? Je suis sûr qu'il y a des bêtes ! Bernard ! »

A voix basse, elle suppliait Bernard qui, debout, regardait fixement à ses pieds.

« N'aie pas peur », dit-il.

Sur ce mot, Rose porta les mains à ses tempes et prépara un cri, que Bernard contint en levant vers elle sa main ouverte. Il se pencha de nouveau, saisit et soutint dans le cercle de lumière une main brune, une manche blanche, qui lui échappèrent aussitôt et retombèrent.

« Il n'est pas mort, dit-il. La main est chaude, mais... »

Il approcha de la lampe sa propre main, la regarda de près, s'essuya les doigts dans l'herbe, et se soucia alors du silence de Rose. Elle ne fuyait pas, mais il vit, dans la clarté ascendante, le dessous de son menton qui tremblait.

« Ne te trouve pas mal, surtout, dit-il avec douceur. Ce n'est qu'un homme qui saigne. »

D'instinct, il interrogea l'ombre autour de lui.

« Si... S'il y avait d'autres hommes ici, les oiseaux n'auraient pas été endormis. Je crois qu'il n'y a personne. »

Sous la robe froissée, les genoux de Rose tressaillirent.

« Viens, mon petit, aide-moi. »

Elle s'écarta d'un pas.

« Il n'est pas mort, Rose. Nous ne pouvons pas le laisser comme ça. »

Comme elle continuait de se taire, il s'impatienta.

« Donne-moi ta lampe électrique. »

Elle fit encore un pas en arrière, et sortit du champ lumineux. Il l'entendit fouiller dans son sac maladroitement.

« Plus vite ! »

La main de Rose et la petite lampe de bazar apparurent hors de la portée de Bernard. Accroupi, il soulevait une manche blanche, tâtonnait en remontant le long du bras du blessé.

« Eh bien ! apporte-moi ça ici !

— Non, dit une voix confuse. Je ne veux pas. J'ai peur.

— Idiote... grommela Bonnemains. Pose la lampe sur la margelle, au moins. Et allume-la. Si ce n'est pas trop te demander. L'homme est blessé, voyons, Rose ! »

Il souleva à pleins bras un corps mince et léger, qu'il accota contre la margelle, et qui se plaignit en laissant retomber sur le rebord de pierre, à la renverse, une tête aux yeux clos.

« Mais c'est Ahmed ! » s'écria Bonnemains.

Le blessé descella les paupières et ses longs cils, les referma aussitôt.

« Ahmed ! Pauvre gosse ! Rose, c'est Ahmed ! Tu m'entends, Rose ?

— Oui, dit la voix. Et puis ?

— Comment, et puis ? Il a dû... je ne sais pas, moi, tomber, se blesser. Nous sommes là, heureusement.

— Heureusement », répéta la voix hostile.

Ebloui, Bernard distinguait à peine la place où Rose se tenait debout dans l'ombre. Il baissa les yeux, vit ses mains et ses manches ensanglantées et se tut : « Beaucoup de sang perdu... Où est-il blessé ? »

Il disposa au mieux les deux lampes et pianota délicatement sur les côtes d'Ahmed. Le sang ne venait ni de la poitrine, ni des reins, ni du ventre, creux comme un ventre de lévrier. « La gorge ? non, il respire doucement... » Sur l'épaule, il rencontra enfin la source du sang et de nouveau Ahmed geignit, ouvrit les yeux.

« Tu as un canif ? demanda-t-il sans se retourner.

— Un quoi ?

— Un canif, un truc, n'importe quoi qui coupe !... Plus vite, bon Dieu, plus vite ! »

Il entendait avec exaspération le tintement des menus objets dans le sac.

« J'ai des petits ciseaux...

— Ne me les jette pas, ils se perdraient dans l'herbe. Apporte-les ici », commanda-t-il.

Elle obéit, puis recula dans l'ombre.

« Est-ce que je peux ravoir mon imperméable ? » demanda-t-elle, après un moment.

Bernard, qui fendait la manche blanche d'Ahmed, ne leva pas la tête.

« Ton imperméable ? Ah ! non, je vais le couper, je n'ai pas autre chose pour lui bander l'épaule. Ce qu'il a pu saigner, ce gosse... »

Rose ne protesta pas, mais il l'entendit respirer par saccades, et retenir des pleurs.

« Ça, par exemple... Mon imperméable... Pour faire un pansement à un bicot... Tu ne peux pas prendre sa chemise, donc, ou la tienne...

— Pourquoi pas ta combinaison ? » interrompit Bernard.

Il se sentait dans un état singulier d'exaltation et presque de goguenardise, travaillait de sang froid à dénuder l'épaule blessée, tendait en même temps l'oreille à des craquements de brindilles, à des soupirs forestiers. Une lame courte, qui gisait dans le gazon, miroita.

« Ah oui ! dit Bernard. Voyez-vous ça ! »

Il ramassa le couteau en le tenant par la pointe, le posa sur la margelle.

« Ahmed ! Ahmed, tu m'entends ? »

Les cils noirs se soulevèrent, et les yeux apparurent, calmes et sévères comme ceux des enfants très jeunes. Mais le poids des paupières les voila de nouveau. Bernard découvrit la blessure, assez étroite, mais infligée brutalement, et dont les lèvres brunes, gonflées, n'avaient pas cessé de saigner. Du plat des deux mains, Bernard lissa les alentours sanglants pour isoler la plaie.

« C'est bougrement difficile », se dit-il à lui-même.

« Ahmed ? Qui t'a fait ça ? »

La bouche d'Ahmed trembla, se tut, puis trembla de nouveau et murmura :

« Ben Kacem...
— Dispute ?
— Fatime...
— Fatime ? Est-ce que ce n'est pas la jolie petite d'en bas ?
— Oui...
— Bon, je vois à peu près.
— Qu'est-ce qu'il a dit ? demanda de loin Rose.
— Rien qui t'intéresse. Ahmed, tu peux t'appuyer sur tes mains, un moment ? Non ? Alors ne bouge pas. Je savais bien que tu parlais français. »

Il tira à lui la manche coupée, qui, fendue en trois, fournit une bande assez longue.

En proie à une sorte d'allégresse, il se hâtait, retenant l'envie de chantonner, de siffler. Il escomptait que la bande, passant sous l'aisselle et par-dessus l'épaule, bien sanglée, avait des chances d'aveugler une voie de sang qui spontanément tendait à tarir... Il sentait sur ses mains le regard d'Ahmed, immobile.

« La lampe ! » cria Rose.

L'ampoule d'une des deux lampes, en effet, rougissait, mourait. « Ça, c'est moins drôle... »

« Tiens-toi assis, dit-il à Ahmed. Tâche de rester d'aplomb pendant que je pose la bande. Je te fais mal ? Mon vieux, tant pis... La garce aurait pu nous aider, mais va-t'en lui faire comprendre... »

Sa sueur tombait sur son ouvrage, et en essuyant son front il le barbouillait de rouge.

« Vous parlez d'une antisepsie !... Mâtin, c'est pour Fatime que tu t'es si bien parfumé ? Tu sens le santal à plein nez. Là... Te voilà beau. »

Il saisit Ahmed par la taille, l'assit, rapprocha la lampe du visage sans défaut. Les lèvres que la pourpre avait abandonnées, les yeux cerclés de brun et d'olive esquissèrent un sourire, auquel répondirent invisibles un sourire, une grimace mouillée de Bonnemains, soudain embarrassé d'émotion.

« Tu veux boire ? Je ne pensais pas à cette eau, figure-toi... »

De sa main libre, Ahmed fit un signe :

« Non, c'est l'eau qui vient des lauriers-roses... Elle est... mauvaise. »

Il parlait sans accent, en roulant les r.

« Cigarette ? »

Le pouce et l'index dorés par l'usage du tabac s'avancèrent pour accepter. Bernard s'essuya les mains à son mouchoir taché, souilla de sang son veston avec indifférence en fouillant ses poches, et planta une cigarette allumée entre les lèvres d'Ahmed. Les délices des premières bouffées les firent tous deux muets, animés seulement de gestes identiques. La fumée s'irisait faiblement, semblait se briser en touchant les bords du halo de clarté et reparaissait plus haut en volutes, sous les branches étalées du cèdre bleu.

Une quinte de toux troubla le repos des deux jeunes hommes. Bernard tourna la tête.

« Qu'est-ce qu'il y a ?
— J'ai froid, dit plaintivement Rose.
— Tu n'aurais pas froid si tu nous avais aidés. Tiens, attrape ton manteau, je ne m'en suis pas servi. Ahmed, mon petit, il va falloir déménager. Ce que j'ai fait et rien, comme pansement, ça se ressemble beaucoup. Il est... quelle heure ? »

Bonnemains gratta le sang qui séchait sur le cadran de sa montre-bracelet et se récria d'étonnement :

« Trois heures moins le quart ! Pas possible !
— Il était plus d'une heure quand nous avons quitté l'hôtel », dit la voix boudeuse.

Il enjamba la margelle, courut à Rose.

« Rose, voilà ce que nous allons faire... »

Elle sauta en arrière.

« Ne me touche pas, tu es plein de sang !
— Eh ! je le sais bien ! Rose, tu peux lui prêter ton épaule pour descendre jusqu'en bas ? Moi, je le soutiendrai de l'autre côté. Avec les haltes, il faut compter une demi-heure... Ou bien, autre chose : tu prends la lampe, tu vas toute seule à l'hôtel, ou à la maison du garde de la propriété, et tu envoies du secours... Hein ? »

Elle ne répondit pas tout de suite, et il la pressa :

« Dis ? Tu ne crois pas qu'il vaut mieux que tu descendes toute seule ?

— Ce que je crois, c'est que tu es fou, dit Rose posément. Que je descende avec toi, un bicot blessé entre nous deux, ou bien que j'aille toute seule ameuter les populations, c'est bonnet blanc et blanc bonnet. De toute façon, les Bessier sauront que je me baladais dans les bois avec toi. C'est bien ton avis ?

— Oui, mais les Bessier, je m'en fous.

— Pas moi. Quand on peut éviter des embêtements de famille...

— Alors ? Quelle est la solution que tu proposes ?

— Laisse ici ce... ce blessé, descendons et attends que j'aie regagné ma chambre pour appeler du secours. Ça va être la fin de la nuit. Elle est jolie, ma nuit ! Et la tienne !

— Ne me plains pas, dit-il brièvement. La mienne n'est pas mauvaise.

— Charmant ! éclata Rose tout bas. Si on m'avait dit...

— Ferme ça. Et si je prends Ahmed sur mes épaules et que tu éclaires le chemin...

— ... Et qu'en bas on le cherche déjà, et qu'on voie la lumière, et qu'on vienne, comment veux-tu que j'explique...

— Et puis ? Tu es majeure, je pense ? Tu as honte de moi à ce point-là ? »

Il devina son geste d'impatience.

« Mais non, Bernard, il n'est pas question... A quoi bon se mettre les gens à dos... Tu ne peux pas savoir ce que les Bessier ont été pour moi depuis...

— Merde, interrompit Bernard. Tu peux t'en aller. Je m'arrangerai.

— Mais Bernard, voyons !...

— Va-t'en. Retourne te faire pincer les fesses par

Bessier. Et boire dans son verre. Et le reste...
— Quoi ? quoi ? Qu'est-ce que tu...
— Je sais ce que je dis. Allez ! C'est fini. Pff !... Pas trop tôt. »

Il passa sa manche sur son visage mouillé. D'un coup d'œil, il s'assura qu'Ahmed, immobile, n'avait pas perdu connaissance ni cessé de fumer. Il fermait les yeux à demi et ne semblait pas même entendre l'altercation.

« Bernard !... supplia une petite voix radoucie, ce n'est pas possible... Bernard... Je t'assure...
— Tu m'assures quoi ? Que Bessier ne t'a jamais pincé les fesses ? Que Bessier est purement fraternel avec toi ?
— Bernard, si tu en es à croire les ragots...
— Aucun ragot ! interrompit-il violemment. Pas besoin de ragots ! Retourne faire la gentille avec Bessier ! Retourne t'asseoir sur un de ses genoux ! Retourne à tout ce qui convient à une petite bourgeoise égoïste, pas très maligne, et dure que c'en est un prodige ! »

A chaque attaque, elle regimbait par petits « oh !... oh !... » et ne trouvait pas de riposte. Quand il reprit haleine, elle dit enfin :

« Mais qu'est-ce que tu vas chercher... Bernard, je suis sûre que demain... »

Il trancha l'air entre eux, de sa main souillée :

« Rien ! Demain, je change d'hôtel. Ou je prends le bateau. A moins qu'on n'ait besoin de moi — il désigna Ahmed — comme témoin... »

Il se recula comme pour laisser le passage à Rose.

« Tes Bessier, tu leur diras exactement ce que tu voudras. Que je suis le dernier des salauds. Et même un type sans éducation. Que j'en ai assez de vous tous. N'importe quoi. »

Ils se turent un moment. Les yeux de Bonnemains, qui s'habituaient à l'ombre, discernaient le visage de Rose et son auréole frisée, un lé de sa robe claire entre les pans de son manteau ouvert.

« Et tout ça pour ce bicot, qui a la vie dure ! » jeta-t-elle avec rage.

Bonnemains haussa les épaules.

« Oh ! tu sais, s'il n'y avait pas eu ce fait divers, il y aurait eu autre chose... »

Il prit l'unique lampe, la mit de force dans la main de Rose, qui refermait ses doigts et le repoussait.

« Quoi, c'est du sang, ce n'est pas sale. Je n'y peux rien, c'est du sang. Du sang que tu n'as pas daigné empêcher de couler. Maintenant, bon voyage, Rose. »

Comme elle ne bougeait pas, il la poussa, d'un doigt posé sur l'épaule.

« En route. Un peu plus vite. Ou je te promets que je te fais courir... »

Elle tourna vers lui le petit hublot de la lampe. Il avait une joue et le front maculés, les prunelles presque jaunes, et le rayon pénétrait dans sa bouche ouverte, illuminant les deux rangées de ses dents larges. Elle abaissa le projecteur et s'en alla précipitamment.

Bernard retourna s'asseoir auprès d'Ahmed. Il regarda le tunnel de lumière descendre en refoulant lentement l'ombre dans l'allée. Il posa sa main sur l'épaule valide d'Ahmed.

« Ça va ? Tu ne crois pas que tu saignes ?

— Non, Monsieur. »

La voix affermie réjouit Bernard, mais il s'étonna qu'Ahmed l'appelât Monsieur : « A la réflexion, comment m'appellerait-il ? »

Un oiseau discordant cria. Du haut des cèdres, par degrés, descendit une lueur encore nocturne.

« Mais on y voit ! s'exclama joyeusement Bernard.

— Bientôt le jour, dit Ahmed.
— Quelle veine ! Comment te sens-tu ?
— Bien, Monsieur, merci. »

Une main fine, glacée, se glissa contre celle de Bernard et ne bougea plus. « Il a froid. Tout ce sang perdu... »

« Ecoute, mon petit, si je cherche à te prendre sur mon dos, le pansement mal foutu va se défaire. Et si je tombe en te portant, c'est encore un gros risque pour toi... D'un autre côté...

— Je peux attendre le jour, Monsieur. Je me connais. Donnez-moi seulement une cigarette. Aziz descend tous les matins avec son âne pour l'arrosage, il passe par ici. Il ne va plus tarder. »

Rassuré, Bonnemains fuma pour engourdir la faim et la soif qui commençaient de le tourmenter. Un coq chanta, des coqs l'imitèrent, la brise en se levant remua et rabattit l'odeur accrue des cèdres, le parfum des glycines, et la couleur du ciel parut entre les arbres. Bernard frissonna dans sa chemise froide de sueur. De temps en temps, il touchait le poignet de son compagnon, comptait son pouls.

« Tu dors, Ahmed ? Ne dors pas. Le Kacem qui t'a fait ça, il est loin ? »

Il suivait, sur Ahmed, les progrès du jour. Les orbites noires, les joues envahies d'une ombre qui n'était que celle du poil naissant, l'alarmèrent.

« Dis-moi, il est parti ? Tu l'as vu s'enfuir ?
— Pas loin, dit Ahmed. Je sais... »

Sa main libre retomba sans lâcher la cigarette, et ses yeux se fermèrent. Bernard eut le temps de soutenir la tête qui roulait, tâta l'épaule blessée. Mais aucune humidité tiède ne transperçait la toile, et la forte respiration du sommeil transmit, à l'oreille tendue de Bonnemains, son flux et son reflux égaux. Il avança son genou à la rencontre de la tête endormie, retira, aux doigts qui ne le sentirent point, la cigarette consumée, et ne bougea plus. La tête levée, il regardait naître le matin, et goûtait un contentement, une surprise aussi neufs que l'amour, mais moins bornés, et délivrés du sexe. « Il dort, je veille. Il dort, je veille... »

La couleur et l'abondance du sang répandu noircissaient le gazon foulé. Ahmed rêva haut, gutturalement, en langue arabe, et Bonnemains lui posa sa main sur la tête pour écarter le songe.

« Rose est arrivée, et même couchée, à présent. Pauvre Rose... Ç'a été vite fait. Elle était ma femelle, mais celui-ci est mon semblable. C'est curieux qu'il a fallu que je vienne jusqu'à Tanger pour rencontrer mon semblable, le seul qui puisse me rendre fier de lui, et fier de moi. Avec une femme, on est facilement un peu honteux, d'elle ou de soi. Mon beau semblable ! Il n'a eu qu'à paraître... »

Sans dégoût, il regardait ses mains, ses ongles lisérés de brun, les lignes de ses paumes gravées en rouge, ses avant-bras marqués de petits ruisseaux séchés...

« On dit que les enfants et les adolescents refont très vite ce qu'ils ont perdu. Celui-ci doit être un fils unique, ou un aîné, qu'on soignera bien. Un jeune mâle, dans ces pays-ci, a son prix. Il est beau, il est déjà aimé, il a déjà un rival. N'empêche que sans moi... »

Il gonfla sa poitrine, sourit de plaisir à tout ce qui l'entourait.

« Les femmes, je sais d'avance à peu près ce que je leur ferai, et ce qu'elles me feront. Je retrouverai une Rose. Une Rose en mieux, ou en plus mal. Mais on ne retrouve pas facilement un enfant à forme d'homme, assez blessé, assez inconnu et précieux pour qu'on lui sacrifie quelques heures de la vie, un complet veston, une nuit d'amour... Il était écrit, décidément, que je ne saurai jamais si Rose a les seins plus roses que les talons, et le ventre aussi nacré que les cuisses. Mektoub, dirait Ahmed... »

Au bout de la longue allée déclive parut un miroitement rosé qui marquait la place où le soleil se lèverait sur la mer ; le braiment déchirant d'un âne, un tintement de clochette descendirent du haut de la colline.

Avant de soulever Ahmed, Bonnemains vérifia les nœuds du pansement de fortune. Puis il enveloppa de ses bras le garçon aux yeux clos, respira le santal de ses cheveux noirs, baisa maladroitement sa joue déjà virile et rude, estima son poids de jeune homme comme il eût fait d'un enfant de sa chair, ou du gibier qu'on ne tue qu'une seule fois.

« Réveille-toi, mon petit. Voilà Aziz. »

LE SIEUR BINARD

ENTRE seize et vingt-cinq ans, Achille, mon demi-frère de sang — mais frère tout entier par le cœur, le choix, la ressemblance — était très beau. Peu à peu, il le fut moins, à force de mener la dure vie du médecin de campagne d'autrefois, qui n'avait ni confort ni repos. Il usait ses semelles autant que les fers de sa jument grise, allait le jour, allait la nuit, et de fatigue se couchait sans envie de souper. Dans la nuit, il s'éveillait à l'appel d'un paysan, qui tapait des poings la porte cochère et tirait la sonnette. Alors il se relevait, passait son caleçon de laine, ses vêtements, son grand paletot doublé de tartan, et Charles, l'homme à toutes mains, attelait la rouanne grise, autre créature d'élite.

Je n'ai rien vu de fier et de serviable autant que cette jument grise. Dans l'écurie, à la lueur de la lanterne, mon frère la trouvait debout, et prête au pire. Ses courtes et vives oreilles bien plantées interrogeaient : « Châteauvieux ? Montrenard ? La grande côte ? Les dix-sept kilomètres pour aller et autant pour revenir ? » Elle partait tête basse, un peu rouillée. Pendant l'auscultation, l'accouchement, l'amputation, le pansement, elle appuyait son petit front contre la porte des maisons de ferme, pour entendre mieux ce qu'*Il* disait... Elle savait par cœur, j'en jurerais, des morceaux du *Roi d'Ys*, de la *Symphonie Pastorale*, les lambeaux d'opéras, les mélodies de Schubert qu'*Il* chantait pour se tenir compagnie...

Isolé, sacrifié à son métier, ce médecin de vingt-six ans, il y a un demi-siècle, n'eut pas d'autre chance que de se façonner, jour à jour, une âme qui n'espérait rien, sinon vivre et faire vivre les siens. Par bonheur, la curiosité professionnelle ne le quitta pas, ni cette autre curiosité qui nous venait, à lui et à moi, de notre mère. Lorsque, adolescente, je l'accompagnais, nous mettions tous deux pied à terre aussi bien pour botteler la jacinthe des bois, ramasser les champignons, que pour épier une bondrée tournoyante, offenser, en la touchant du doigt, une petite couleuvre qui dressait le cou, faisait la dame et sifflait en zézayant, un peu comme les enfants qui ont perdu leurs incisives de lait... Nous détachions des branches, des trous de murs, les chrysalides des papillons pour les loger dans une caissette de sable fin et attendre le prodige, la métamorphose...

Le métier de médecin de campagne exigeait beaucoup de son homme, il y a environ un demi-siècle. Débarquant de Paris, de l'Ecole, de l' « amphi », mon frère étrenna, si j'ose écrire, avec un puisatier qui venait de perdre une cuisse dans une explosion de dynamite. Le chirurgien tout neuf sortit à son honneur de ce pas difficile, mais tremblant de tout le corps, amaigri à force d'avoir sué, et les lèvres blanches. Il se remit en piquant une tête dans le canal, entre les hautes touffes de butomes, qui, sur les bords humides, dressent au faîte d'une tige tubulaire leur ombelle de fleurs roses rigides, et sont de grands buveurs d'eau.

Achille m'apprit à remplir, à juxtaposer les deux coupelles des cachets d'analgésine, à user de la balance délicate et de ses poids en lamelles de cuivre. Dans ce temps-là, le médecin de campagne avait licence de vendre quelques produits pharmaceutiques, au-delà de quatre kilomètres du chef-lieu de canton. Maigres profits, si l'on songe que « la consulte » coûtait au consultant trois francs, plus vingt sous par kilomètre. De temps en temps, le médecin arrachait une dent. Ci : trois francs. Et l'argent rentrait mal...

« Et l'huissier, il est fait pour les chiens ? » demandait le pharmacien à mon frère.

Ni pour les chiens, ni pour les clients. Mon frère ne répondait rien, détournait vers l'horizon plat ses yeux pers — les miens sont de la même couleur, mais moins beaux, moins abrités sous l'orbite.

J'avais quinze ans, seize ans, l'âge des grands dévouements, l'âge des vocations. Je voulais devenir doctoresse. Pour une lèvre fendue, une grande coupure profonde et saigneuse, mon frère m'appelait, recourait à mes doigts fins de fillette, et je m'entraînais à nouer les fils de suture, dans le sang impétueux qui sautait hors de la veine. Le matin, Achille partait trop tôt pour que je pusse l'accompagner. Mais l'après-midi, je m'asseyais à sa gauche dans le cabriolet, et je tenais les guides de la jument rouanne. Tous les mois, il avait la charge d'inspecter les nourrissons de la région, et il tâchait d'arriver à l'improviste chez les nourrices sèches ou mouillées. Ces tournées-là lui coupaient l'appétit. Que de nourrissons attachés, par des mouchoirs et des épingles doubles, à leur berceau fétide, dans la maison déserte, durant que leurs mauvaises gardiennes travaillaient aux champs... Quelques-unes voyaient de loin la voiture, accouraient essoufflées :

« Je tardais que le moment... Je changeais le piquet de la chieuvre... Je coursais la vache ensauvée... »

Quelque dure que fût sa vie, Achille tint bon plus de vingt-cinq ans, et ne chercha le repos de l'esprit que dans la musique. Dans sa jeunesse, il butait, étonné, sur la paisible corruption des mœurs champêtres, celle qui naît et se contente au profond de l'herbe mûre, dans les fenils, entre les flancs chauds du bétail couché. Paris et le « Quartier » ne l'avaient pas préparé à tant de science, de secret et de variété. Mais l'impudence ne manquait pas non plus, du moins celles des filles, qui s'en venaient hardies à la consultation hebdomadaire, déclarer qu'elles ne « voyaient » plus, depuis qu'en retirant de la mare, deux mois auparavant, une poule noyée, elles s'étaient mis les pieds à l'eau froide.

« Parfait, disait mon frère après examen. Je vais vous faire une ordonnance. »

Il épiait le regard de plaisir et de mépris, la rougeur joyeuse de la joue, et libellait l'ordonnance convenue de médecin à pharmacien : « *Mica panis*, deux pilules à chaque repas », thérapeutique qui pouvait conjurer, tout au moins retarder l'intervention de « la femme qui connaît les herbes ».

Il eut un jour, bien avant son mariage, une aventure entre autres. Panier de-ci et parapluie de-là, grande presque autant que lui-même qui mesurait un mètre quatre-vingt-six, une sorte de jeune République au front bas, toute en marbre, large, fraîche et sévère, entra dans son cabinet de consultation.

« Monsieur le docteur, dit-elle sans sourire ni biaiser, je crois que je suis grosse de trois mois.

— Vous vous sentez malade, Madame ?

— Mademoiselle. J'ai dix-huit ans. Et je ne suis malade d'aucune part.

— Eh bien ! Mademoiselle, vous n'avez pas besoin de moi avant six mois.

— Pardon, monsieur le docteur. J'ai besoin que d'être sûre. Je ne voudrais pas faire d'imprudences. Si vous voulez bien m'examiner ? »

Rejetant la jupe, le caraco, la chemise de coton qui lui descendait jusqu'aux chevilles, elle montra un corps si majestueux, si dur, si serré dans sa peau, que mon frère n'en revit jamais de pareil. Il vit aussi que cette jeune fille, si pressée de s'accuser, était vierge ; mais elle refusa avec emportement de le demeurer davantage, et partit victorieuse, la tête haute, son panier au bras, son fichu de laine renoué sur ses seins. C'est tout juste si elle avait avoué que sur la route d'Hardon, où elle « pieuchait » les pommes de terre sur le bien de son père, elle avait vingt fois attendu le passage de la jument grise et de son conducteur, et « fait bonjour » avec la main, vainement...

Elle revint à « la consulte ». Mais le plus souvent mon frère allait la rejoindre à son champ. Elle le guettait de loin, posait sa houe, entrait en se baissant sous les branches d'une pépinière de sapins. De ces rencontres presque muettes naquit un très bel enfant. Et j'avoue que je serais contente de voir, même à présent, la figure qu'il a. Car « Sido » me confia, en bien peu de mots, un de ces secrets dont elle était si riche...

« Tu sais, me dit-elle, l'enfant de la belle Hardonnaise ?

— Oui...

— Elle s'en vante à tout le monde. Elle en est folle d'orgueil. C'est une fille peu ordinaire. Un caractère... Cet enfant, je l'ai vu. Une fois.

— Comment est-il ? »

Elle fit le geste de fourrager une chevelure d'enfant :

« Beau, naturellement... Tout bouclé, des yeux... Une bouche... »

Elle toussa, repoussa des deux mains la tête invisible et frisée :

« La bouche surtout... Ah !... Je n'ai pas pu... Je suis partie. Je l'aurais pris. »

Tout n'était pas si simple, autour de nous, que cette chaude idylle, bercée à même la terre sur son lit d'aiguilles de pin, que ces muets amants qui ne regardaient pas à un peu de pluie, de brouillard d'automne ; la jument grise leur prêtait sa vieille couverture. De ce que nous appelions « l'histoire du sieur Binard » j'ai gardé un souvenir vif, et moins touchant. Il va sans dire que je change le nom du père de famille, grisonnant et robuste, qui vint sur sa bicyclette demander que mon frère se rendît au chevet de sa fille, par un crépuscule d'il y a environ quarante-huit ans.

« Ça presse, dit l'homme qui soufflait à longues halenées la vapeur du vin rouge. Je suis le sieur Binard, de X... »

Il fit une fausse sortie, repassa la tête par la porte entre-bâillée :

« A mon avis, ça sera un garçon. »

Mon frère prit sa trousse, et le valet attela la jument grise.

C'était un garçon, en effet, fort et joliment fait. Mais mon frère donnait ses soins et son attention surtout à la trop jeune mère, une brune aux yeux d'antilope, vaillante et qui criait avec entrain, comme une petite fille : « Oôô... là ! Oôô-là là t'y possible ! » Autour du lit, trois autres antilopes un peu plus âgées s'affairaient, tandis que sous la hotte de l'âtre le sieur Binard, impassible, surveillait l'ébullition du vin chaud, parfumé de cannelle. Dans un coin sombre de la salle propre et cirée, mon frère aperçut un berceau en osier, à frais rideaux empesés. Le sieur Binard ne quitta le feu et la bassine de cuivre que pour regarder l'enfant, quand il fut lavé, avec beaucoup d'attention.

« C'est un très bel enfant, assura Achille.

— J'ai vu plus beau, dit de haut le sieur Binard.

— Oh! papa! se récrièrent les trois antilopes aînées.

— Je sais ce que je dis », repartit Binard.

Il souleva un rideau du berceau que mon frère croyait vide, et qui était tout rempli d'un gros enfant, endormi et serein parmi les cris et les pas. Une des antilopes vint tendrement refermer le rideau.

Sa mission remplie, mon frère but le vin chaud qu'il avait bien gagné et que la petite accouchée, déjà riante, suçait aussi par cuillerées. Puis il salua à la ronde tout le troupeau aux longs yeux et sortit, soucieux, accompagné du sieur Binard. La terre fumait d'humidité, mais au-dessus du brouillard bas le feu vif et dansant des premières étoiles annonçait la gelée.

« Votre fille me paraît bien jeune, dit mon frère. Heureusement, elle s'en tire à bon compte.

— Elle est forte, n'ayez crainte, dit le sieur Binard.

— Quel âge a-t-elle?

— Quinze ans moins quatre mois.

— Quinze ans... Elle risquait gros. Ah! les filles... Est-ce que vous connaissez le... l'individu qui... »

Le sieur Binard ne fit pas d'autre réponse que de claquer, du plat de la main, la croupe de la jument grise, mais il leva le menton avec une si claire et si intolérable expression de fatuité, que mon frère brusqua le départ.

« Si elle avait de la fièvre, prévenez-moi.

— Elle n'en aura pas, assura le sieur Binard très digne.

— Vous en savez plus que moi ?

— Non. Mais je connais mes filles. J'en ai quatre, et vous avez pu voir qu'elles ne sont pas des plus mal. Je les connais. »

Il n'en dit pas davantage et passa la main sur ses moustaches. Il attendit que la jument grise, adroitement, eût tourné dans l'étroite cour, puis il rentra chez lui.

Sido, ma mère, n'aimait pas cette histoire à laquelle elle pensait souvent. Tantôt elle accablait le sieur Binard, flétrissait violemment le « veuf impur », tantôt elle se laissait aller à des commentaires dont elle rougissait après.

« Leur maison est très bien tenue... L'enfant de la petite a des cils longs comme ça... Je l'ai vue l'autre jour, elle allaitait son bébé sur le pas de la porte, c'était ravissant... Qu'est-ce que je dis ? C'était abominable ! Abominable quand on est au courant, naturellement... »

Elle rêvait, dénouait avec impatience la chaînette d'acier et le cordonnet noir, emmêlés, de ses deux binocles :

« En somme, commençait-elle, les anciens patriarches... »

Mais elle prenait conscience que je n'avais que quinze ans et demi, et elle n'allait pas plus loin.

TROIS... SIX... NEUF...

PRÉFACE

CE petit livre a été écrit sous mes yeux, tout d'une traite, avec une sorte d'alacrité, encore que, la guerre n'étant pas terminée, l'atmosphère demeurât lourde. Bien qu'elle se refusât à l'avouer, Colette savait fort bien qu'elle y rendait compte d'un des contrastes les plus frappants de sa nature. Elle était en effet à la fois casanière et vagabonde à la manière des chats. Ne nous fait-elle pas dès la première page de cet opuscule ces deux déclarations parfaitement contradictoires : « *les sédentaires par goût, dont je suis* » et seulement quelques lignes plus loin : « *tous les périls sont moindres que celui de rester* » ?

Sur les quinze déménagements qu'elle avouait en baissant les yeux, comme pour la confession d'un penchant coupable, je n'ai été le témoin que de quelques-uns. Mais je puis certifier que les jours de déménagement faisaient figure de jour de fête. Il y avait d'abord une débauche de travaux manuels et Colette n'aimait rien tant qu'eux. Et puis, au plaisir de défaire un logis s'ajoutait immédiatement celui d'en refaire un autre et de lui donner, en un minimum de temps, tous les caractères de la durabilité.

C'est en 1938 que nous accédâmes à cet appartement du Palais Royal que nous n'avons plus quitté, et où Colette s'est éteinte en 1954. Elle y trouvait enfin, en plein centre de Paris, la province qu'elle a toujours cherchée dans la capitale, des jardins ceints d'un rectangle de demeures, des riverains solidaires, des chats indivis. Est-ce dire que la tentation de déménager ne lui est plus jamais venue ? Je pense, pour moi, que seuls la plus terrible des guerres, et aussi ce mal de la hanche qui, l'immobilisant chaque jour davantage, l'a clouée enfin sur sa couche, ont contraint cette errante à s'amarrer.

Pour exutoire à sa frénésie de migration, il lui resta seulement la ressource de déménager à l'intérieur de son propre appartement. L'envie lui en venait avec une soudaineté incroyable et la rapidité avec laquelle s'accomplissait le changement tenait du miracle. Parfois je venais de l'extérieur, et je trouvais tous les meubles changés de place. La chatte une fois, à la campagne, rentrant du jardin et découvrant l'intérieur de la maison transformé par un cataclysme dont elle n'avait pas eu conscience, sauta, prise d'une terreur panique, par une fenêtre. Moins émotif, je cherchais du regard le divan-lit qui occupait une place nouvelle et insolite du fond de laquelle, muette et immobile, l'œil malicieux, parfaitement satisfaite de soi, d'avance imperméable à toute critique, Colette me regardait venir.

Maurice GOUDEKET.

Seuls peuvent parler du déménagement les sédentaires par goût, dont je suis. Encore faut-il qu'ils aient acquis, en dépit d'un fort attachement au lieu qu'ils habitent, l'accoutumance de le quitter. Un fatalisme calme, l'expérience de la chance et de son contraire, tels sont les meilleurs, les plus recommandables des agents d'expulsion.

Quand un logis a rendu tout son suc, la simple prudence conseille de le laisser là. C'est un zeste, une écale. Nous risquons d'y devenir nous-mêmes la pulpe, l'amande, et de nous consumer jusqu'à mort comprise. Plutôt repartir, courir l'aventure de rencontrer, enfin, l'abri qu'on n'épuise point : tous les périls sont moindres que celui de rester.

En foi de quoi j'ai donc déménagé, et non par caprice. Par force souvent, d'autres fois par hygiène morale. Si le fonds mobilier, pas bien lourd, que je traîne y a gagné horions et cicatrices, tant pis pour lui. Le contact relativement fréquent avec les paniers à livres et à vaisselle, avec la paille, par l'usage hachée, qui sent la cave et l'écurie, avec les hommes bardés de la taillole en laine à triple tour, experts à charger sur leur dos, d'une seule prise de catch, bahuts et buffets, avec leur casse-croûte et leur litre de vin violet ; bref la connaissance d'une corporation qui manie adroitement l'armoire à glace et le petit bateau en verre filé m'est profitable. Et quel massage qu'un tremblement de terre !

A qui ne les voit qu'une fois en trente ans, l'aspect des déménageurs, leur présence et leurs actes sont rébarbatifs. En tout il faut l'entraînement. Puis vient, après lui, une sorte de délectation. Celle-ci naît parfois, sans qu'on l'attende, du pire moment, je veux parler de la dernière heure du transfert. Les voitures chargées partent : l'une convenable, de construction assez récente, et même automobile ; les deux autres sont d'infâmes tapissières, scellées avec des cordes, attelées de bêtes tristes. Vous restez seul, — vous, moi, nous, les migrateurs, — dans le logis que vous trahissez, parmi les fétus de paille, les clous tordus, un cadre qui n'a que trois côtés. Ce tabouret dépaillé ? On le laisse, la concierge en fera ce qu'elle voudra. Les murs, étrangement sonores, vous rejettent vos dernières paroles.

« Où est la chatte ? Sous la baignoire. La chienne éternue. Naturellement, elle a pris froid, depuis cinq heures du matin tout est ouvert. Mais non, voyons, c'est à cause de la poussière remuée. C'est bien la dernière fois que je choisis des papiers de tenture aussi clairs, regarde les panneaux que le soleil a décolorés...

« Prends la chatte, donne-moi la laisse de la chienne. Oui, mais qui est-ce qui va porter l'ex-voto de Notre-Dame de Liesse ? — Pas moi, madame ; un coup que je le casserais, madame m'en dirait !... — Descendons, descendons, on gèle ici... Où est-ce qu'on va déjeuner, en attendant l'arrivée des voitures ? Oh ! on a le temps d'y penser... »

Entre les deux domiciles, il n'y a plus que le trajet en taxi. Un grelottement d'exilés nous secoue. La chatte a faim : la chienne réserve son opinion. Une vie commence ce soir, dans un lieu inconnu, dans les lits froids que nous napperons à la hâte...

Oui, mais c'est une vie nouvelle, le soleil qui marquera sur le mur un chemin nouveau, des sons nouveaux au lever du jour, une chambre de travail qui regarde le sud...

En route, en route ! Notre aventure, d'un arrondissement à l'autre, vaut une traversée. « Tiens bien la chatte, ne lâche pas l'ex-voto, attache le vieux baromètre autour de ton cou avec la laisse de la chienne, comme ça tu auras les mains libres ; pose la couverture sur mon épaule pendant que tu payes le taxi et ne t'inquiète pas du reste... En route ! Mais qu'est-ce que tu as pu mettre de si lourd dans cette valise ? » Depuis quarante-huit heures aucun de nous a dormi. N'importe, les horizons vierges sont ouverts... En route !

J'ai des amis qui peuvent passer pour sains d'esprit, sauf qu'à l'idée de déménager ils serrent les paupières, remontent les épaules et mettent les mains sur les oreilles, ni plus ni moins que sur le pont des Arts par un jour de grand vent. Les bibliophiles souffrent, préventivement, plus que les autres, en pensant au déménagement. Le collectionneur de porcelaines rares souffre moins, parce qu'il sait, — dût sa maison crouler, dût l'étage supérieur abriter une école de danse et un conservatoire de chant, — il sait qu'il mourra, plutôt que de déménager.

Certains sont, depuis vingt ans, à la veille d'une décision. « Lucienne avait trouvé ces temps-ci quelque chose de vraiment tentant ; mon Dieu, ce n'était pas le rêve, mais enfin... Et puis, ma foi, nous avons laissé passer l'occasion... » Ceux-là, leur cas relève du masochisme, et je ne m'intéresse pas à eux. Je me rappelle encore trop, et non sans mépris de moi-même, le temps où je couvais comme une maladie, dans un logis nouveau, mon refus d'emménager et de déménager. J'étais là entre des rideaux pliés et sommeillants, des caisses closes, un sommier-divan, un tapis roulé qui venait de loin et refusait de faire un pas de plus, et une perpétuelle envie de pleurer, aussi difficile à maîtriser qu'une incontinence. Je couchais sur le bord du sommier-divan, je déroulais le matin un coin du tapis, je soulevais un rideau plié qui entrechoquait ses anneaux de cuivre avec un bruit d'almée. Il faisait nuit dans la salle à manger et les cabinets sentaient la fuite de gaz.

Un jour, l'honorabilité, la mienne, prit le dessus. En une semaine le bouge, l'appartement d'après le crime, la case pour divorcée pauvre, la couveuse à spleen devint un « petit troisième » assez laid et accueillant. La commode-toilette qui, fermée, injuriait la vue, disparut comme un mauvais songe, et son fidèle seau en émail bleu la suivit. Je sacrifiai à mes exigences d'hygiène une petite chambre où je portai la douche en collier et la verveine en frictions, et j'adoptai mon premier appartement. Ainsi le chien nouveau, qui n'est pas encore heureux, se résigne, rapporte la balle et ne se trompe pas de coussin.

J'ai traité ici de masochistes ceux qui, horrifiés par la seule idée de déménager, se penchent sur le cataclysme comme ils monteraient sur la tour pour jouir du vertige derrière une balustrade. Ce genre de pervers enfante un sous-genre de sédentaires, dont le caractère est de visiter les appartements à louer. Il me fut donné d'accompagner un de ces spécialistes, de le voir mesurer en tous sens panneaux et issues, compter ses pas, ouvrir les bras : « Un mètre soixante-cinq... J'ai un mètre soixante-cinq d'envergure... La bibliothèque tiendrait juste... Mais le vaisselier ? Le vaisselier remet tout en question. »

Il arpenta longuement le logis vide et sortit perplexe. Dehors, je vis qu'il épongeait ses tempes moites, aussi lui demandai-je s'il se sentait souffrant : « Nullement, me dit-il. C'est de penser que, si je déménageais, mon beau service bulle-de-savon, que j'ai rapporté de Venise, — avec quelle peine ! — pourrait finir en pièces et fragments dans cette halle, dans ce... bazar, ce... Je ne trouve pas de mots... » Ainsi dans un temps heureux et lointain, le Français sans soucis se créait des risques de pure imagination, dont il s'allégeait à volonté. Je n'ai jamais goûté de tels jeux. Le faux-semblant ne me dit rien. Ce me fut bien assez que d'arriver d'un village, d'une vie rurale où, chacun naissant dans la maison et le jardin patrimoniaux, le déménagement se concevait à peine, sauf qu'on y appelait la mort « un déménagement entre quatre planches ». A ma conception, d'abord épouvantée, du changement de logis, se lia peu à peu, quand je vins à Paris, l'idée de libre choix, de fantaisie, le rêve de la facilité : « Comment, je pourrais, si je l'exigeais, habiter dans Paris une boutique, ou une chapelle désaffectée, ou une maisonnette au bord du Bois ? » En fait, j'échouai dans un petit troisième à douze cents francs, rue Jacob, entre deux cours.

Il faut regarder à habiter un bâtiment sis entre deux cours. Je vous parle le langage de l'expérience. C'est un genre de logis difficile. S'en tirent à leur avantage ceux qui font du logis leur atelier, quelle que soit leur profession. Métier contre appartement hostile, c'est presque toujours le métier qui triomphe, exception faite pour l'écrivain qui est nerveux, aisément désolé par les ombres funestes, les cris intempestifs, la voix du perroquet et la litanie de la T.S.F. Qu'il ne s'établisse donc pas légèrement entre deux cours, sous peine de subir les résonnances exceptionnelles, l'écho, les lumières réverbérées, toutes causes qui obsèdent l'esprit et le troublent d'illusions.

Marguerite Moreno, qui excelle à imprégner de sa personnalité forte un appartement et même une case d'hôtel, qui est capable de dompter l'inertie d'un « studiotoutconfort », de redonner la vie à un entresol aussi passif qu'un vieux cheval, Moreno elle-même a plié bagages et fui un immeuble moderne qui jouissait, si je puis écrire, de trois « corps » identiques, très hauts, d'un gris oppressant, et séparés par des cours. Quand j'allais la voir, je me trompais de « corps » et de cour et d'escalier. J'ai toujours eu peur des jumeaux. Elle trouvait des paroles pour me rassurer et se convaincre. « Tu vois, j'ai l'eau chaude à toute heure, et tu vois comme cette salle de bains, lavable elle-même, est pratique, et tu vois tous ces placards dans l'épaisseur des murs, et... » A bout de démonstrations et d'évidences, elle quitta la place et fit bien. C'est la bonne façon d'agir, plutôt que d'attendre des informations péremptoires telles qu'un mauvais petit crime voisin, une maladie à longue incubation, un serpent python lové sous l'oreiller, malencontres qui vous obligent à vous récrier : « Ah ! voilà donc pourquoi je ne me plaisais pas dans cette maison ! »

A ma première maison parisienne, j'étais comme les adolescents qu'on surmène en vue d'un examen. Trop de choses à apprendre, et principalement qu'une fenêtre, en s'ouvrant, démasque d'autres perspectives qu'un bosquet, qu'un massif d'hortensias, laisse entrer d'autres génies familiers que la voix d'un jardin, une hirondelle étourdie, une liane de glycine. Combien d'ombre sur mes premières notions !... Un seul repère blanc : le poêle de la salle à manger, en faïence, et son tuyau moulé à la ressemblance d'un tronc de palmier. J'allais manger sur mes genoux, plutôt que de soutenir la présence du poêle au long cou, idole sans tête assise dans sa niche arrondie.

La chambre à coucher, je ne m'y risquais guère que la nuit à cause de l'armoire à glace. Je n'ai pas rencontré, depuis, une armoire à glace aussi triste. Celle-là, coiffée d'un petit motif chiffonné et illisible en noyer sculpté, troublée en travers de son tain grisâtre d'un pli comme une onde vivante, je fus longtemps avant d'oser la chasser... J'avais d'ailleurs assez à faire avec un ténébreux cabinet-alcôve dont les deux portes jouaient toutes deux à la fois d'une manière inopinée, s'ouvraient, dévoilaient un confus amas de malles vides, de lit-cage rompu, de fauteuils manchots penchés, attentifs, au-dessus d'un guéridon à la renverse qu'ils venaient probablement d'assassiner. Profonde alcôve, convulsive paire de portes, ils étaient peu armés contre vous, mes vingt ans qui venaient de perdre, entre autres égides, la tutélaire armoire du logis natal, en palissandre doublé de thuya blanc, imprégnée d'ordre provincial, de brins de lavande et de roses rouges effeuillées.

La plupart des maisons qui bordent la rue Jacob, entre la rue Bonaparte et la rue de Seine, datent du XVIIIe siècle. J'étais bien trop jeune, lors de mon premier emménagement, pour leur en faire un mérite. Je les voyais tristes, et je les comparais à ces filles de bonne famille qui mettent toute leur vertu à rester vertueuses. Quelque ami érudit avait beau me remontrer qu'un président de Rosambo, le sculpteur Pajou, un roi de Danemark avaient vécu, étaient morts rue Jacob, je l'écoutais froidement, et je ne m'attachais même pas à révérer le fantôme léger d'Adrienne Lecouvreur. Le souvenir de Mérimée, mon défunt voisin, me fut plus agréable, et je l'aimai mieux quand je sus que de son vivant il n'était pas mieux logé que moi.

Je succédais à un maniaque coupable d'avoir collé pendant trente ans sur les corniches, portes, moulures, baguettes, bordures de mon premier appartement, mille fois mille petits losanges multicolores. Papillotant héritage dont une lessive eut raison, et qui ne me hanta pas longtemps. Un fou ne laisse rien de lui-même entre les murs qu'il a battus de sa folie, pour cette raison simple qu'il réside, en pensée, bien loin d'un lieu réel. Le seul danger que j'aie couru rue Jacob était l'attrait de l'ombre, les invites de la tentante claustration. J'y entrevis la richesse de ce qui est noir, confiné, favorable à d'immobiles ébats, et, au mépris de mes vingt ans, je n'aimai plus que les brèves échappées d'air libre, quelque rafale de grêle printanière se ruant par la fenêtre ouverte, l'odeur vague des lilas invisibles, venue d'un jardin voisin.

Ce jardin, je n'en pouvais entrevoir, en me penchant très fort sur l'appui de la fenêtre, que la pointe d'un arbre. J'ignorais que ce repère de feuilles agitées marquait la demeure de Remy de Gourmont et le jardin de son « Amazone ». Beaucoup plus tard, je franchis la palissade du jardin, je visitai le petit temple qu'éleva « à l'Amitié » Adrienne Lecouvreur. Garé du soleil, ce jardin ne veut, encore aujourd'hui, nourrir qu'un lierre de tombeaux, des arbres âgés et grêles, et ces plantes aqueuses qui croissent en couronne à l'intérieur des puits.

Rue Jacob, je ne me souviens pas d'avoir fait autre chose qu'attendre. A qui attend, toute autre occupation est superflue. Vingt ans est un âge où l'on se passe de tout, sauf d'attendre ce qui viendra. Tout vient toujours, et j'étais portée à tenir pour prodiges et présages les plus médiocres incidents. Tels furent le passage de la rive gauche à la rive droite, et la conquête d'un atelier de peintre au sixième étage, où j'emménageai éblouie. Que dirais-je maintenant de lui, sinon que l'été y consumait tout vifs ses locataires, et que l'hiver y entrait en maître ? Où peignaient, à cette époque, les peintres auxquels le snobisme arrachait leurs légitimes ateliers pour y faire, sans peinture, du pittoresque à peu de frais, les meubler essentiellement d'un banc de jardin, d'une table de réfectoire, de trois peaux de chèvre façon ours, et d'une chasuble ancienne ? Blasée assez vite sur les joies qu'apportent toit de vitres, froide lumière du nord et réactions thermométriques, je disposai à mon usage un refuge... sur le palier. Sur ce palier terminal assez large, préservé du va-et-vient, je choisis de m'asseoir, de planter une table, une lampe à pétrole, — et le chat, qui me suivit. Peut-être fuyait-il les mêmes fléaux que moi...

Ce beau chat a laissé un petit nom dans la littérature : Kiki-la-Doucette. Méprisant — pour cause, — les tourmentes sexuelles, il parlait fort bien, entendait mieux encore, distinguait l'eau de Vittel de l'eau de la ville, et mangeait les petits pois un à un, longuement. Une cuillerée de petits pois l'occupait une demi-heure. Silencieux, lui et moi, sur notre palier, nous avions toujours l'air d'attendre. Hors ce chat, je ne signalerai pas d'objet d'art dans cet atelier environné de trois petites pièces. Un ameublement de salle à manger par Dufayel, cuirs et clous, un mauvais piano droit, quelques faux tournesols et des fauteuils en bois de chez Bing, voluptueux chacun autant qu'un pal... Laissons dormir ces prodiges d'impersonnalité, ces brise-bise, ce laqué, ce portrait — le mien — en robe préraphaélite, par un jeune peintre turc, bref, cet ensemble si parisien...

J'étais trop provinciale pour oser rassembler tout ce qui m'eût, autour de moi, chaudement rappelé ma province bien-aimée.

A quelque cinq cents mètres de mon deuxième logis m'attendait une troisième halte. Celle-là fut le champ de timides expériences, le témoin de mes premiers mouvements pour rompre une coque. De pareils mouvements semblent aussi privés de sens traduisible que le sont les saccades d'une chrysalide habitée... Mais la simplicité dans la vie quotidienne ne vient que lentement, et par étapes. En matière de décor intime, je n'en étais encore qu'à l'excentricité, qui souvent convient aux timides. Sous l'excentricité, ils croient dissimuler leur fond de bonne volonté timorée et leur respect humain. Que penser de la balustrade en bois peint que je plantai au milieu du salon, et qui le divisait en deux ?... Une balustrade, et bien massive, pareille à celles qui bordent les villas de banlieue, une balustrade pour que les jeunes filles s'y croisent les bras et rêvent, pour que les enfants s'y campent à califourchon et sifflent. Saugrenue, presque intolérable, la balustrade blanche semblait apportée là par un raz de marée, un précurseur de Chirico, un songe...

« Tiens ! Que fait là cette balustrade ? » disait-on en entrant.

Je baissais le nez, je me mordais un ongle :

« Une idée comme ça... Oh ! je reconnais que c'est raté. Je l'enlèverai. »

Ni ornement, ni accessoire d'usage pratique, l'objet gâtait irrémédiablement, à tous les yeux, la pièce principale. A tous les yeux, sauf aux miens, qui lui pardonnaient son caractère inexplicable, sa manière abrupte d'aboutir au milieu de la cheminée en marbre, de gêner la table, de couper la respiration au visiteur. Je promettais de l'enlever, je ne l'enlevais point. Le nouvel immeuble n'était pas laid. Il avait été habité par un Hérédia très foncé, sans parenté avec le poète du même nom. Derrière la façade bourgeoise, — deux étages seulement, — un calme jardin caché, un petit hôtel accroupi se taisaient.

Tout était acceptable, un peu morne, solide. Si bien que j'achetai — symbole d'installation durable autant qu'aspiration vers l'élégance — pour ma table une lampe « mordern-style » dont l'ampoule était gainée de fleurs de lilas en verre moulé. J'avais vu la pareille, un jour que sa porte restait ouverte, chez mon voisin d'en dessous, le prince Bibesco.

En bas de la sage maison un enfant de trois ans, l'enfant unique des concierges, entretenait, pour ma joie et mon réconfort, une atmosphère de lutte et de mordant humour. Potelé, blondin, bouclé, il inspirait confiance aux inconnus qui le nommaient « petit ange ». Mais ses parents le regardaient consternés et sa mère rougissait devant lui, tant il montrait de dédain goguenard pour l'espèce femelle. Si elle chuchotait avec une voisine, le « petit ange » les interrompait : « On le sait, de quoi que vous parlez ! Vous parlez encore de votre derrière ! »

Par des cris de renardeau et des paroles sans ménagement, il savait remontrer à sa mère, lorsqu'elle rentrait du marché, que « c'est t'honteux, vraiment t'honteux de laisser tout seul un enfant de c't âge-là » ! Et il se tenait éveillé, exprès, une partie de la nuit. Epiant dans l'obscurité les sons et les soupirs qui venaient du grand lit de ses parents, il s'écriait :

« Ah ! ah ! Je vous entends ! Je vous entends ! »

Agé de quatre ans un quart, il partit vers l'aventure, entraînant un complice plus jeune. On les retrouva avenue Niel, et le pionnier avoua qu'il avait médité de mettre à sac l'étalage des jouets de Noël, dans les magasins de l'*Economie ménagère*. Pour le coup, il reçut le fouet, sans broncher ni gémir, et reculotté cota à son prix la correction :

« Bien battu », dit-il.

Parce que je l'appelais sans rire « Monsieur », il me témoignait quelque estime. Il tint à me dire adieu, sur le chemin de son exil, quand son père, décidant que « le gamin avait assez fait rigoler le monde comme ça », le mit au vert chez un cousin fermier. Notre pauvre surmâle en revint un an plus tard, vermeil, robuste et dénué de tout intérêt. Il disait : « Bonjour, madame. Merci, madame », il récitait des fables. Il avait égaré son mystère. « C'est un bon petit gars, à présent, vous voyez ! » me dit son père avec orgueil. Mais brusquement sa mère fondit en larmes, comme une amoureuse à qui l'on a ôté un chenapan adoré. Après la visite que me rendit le petit garçon, ma bonne à tout faire hocha le front et émit à son sujet un pronostic lugubre : « J'ai bien l'impression que c'est un homme fichu... » La carrière des grands aventuriers est brève.

Certains de mes changements de domicile ont emprunté un caractère explosif. Je les comparais autrefois à ces éclatements qui sur l'écran abattent un pan de montagne, creusent la place d'un étang, disloquent un barrage... Mais la modestie m'est venue avec les années, et le sens des comparaisons justes. Où je disais catastrophe, je me borne à dire changement. J'en étais à une balustrade, énigme puérile que je pensais ôter d'un salon qui la trouvait incongrue. Je n'en eus pas le temps : tout avec elle se dispersa autour de moi. Au bord de la mer un « bouchon » de brume parfois nous couvre, nous tient au sein de limbes opaques, nous plaque craintifs et aveugles contre un versant de falaise, puis la brume se lève et nous laisse comme nus, humides, sur une planète éclatante et neuve. L'explosion dispersa, à très petit bruit, une fragile demeure, ses hôtes, son climat sentimental, ses meubles et ses bibelots. Je dus m'occuper de repêcher un peu de superflu ici, un peu de nécessaire là... Le geste du collecteur d'épaves nous est instinctif.

De même que je sus, plus tard, amener au bout d'un crochet à congres des débris venus sur la houle d'équinoxe, — un tonnelet de rhum, une fois, et une caissette de chocolat décomposé par le sel, et un joli petit escalier en acajou, — je sus, dans l'écume de mon modeste cyclone personnel, haler le restant d'un mobilier. Il y a, d'un naufrage à l'autre, des analogies ; l'escalier, relief d'un yacht luxueux fracassé, m'avait fait horreur, ma ferveur du repêchage prit en aversion superstitieuse les objets mobiliers qui allaient — lampes, fauteuils, vases, — par paires. Foin des bessons, des sosies, haro sur tout ce qui était couplé !... Je serais allée, Dieu me pardonne, jusqu'à vouloir une tourterelle dépareillée. On revient, et c'est tant mieux, de tels enfantillages.

En attendant une durable embellie, je n'avais qu'à fuir les murs que je rendais responsables, les chambres chargées de signification, et les sièges quadrupèdes capables de brouter les tapis pendant la nuit. En route ! En route pour la troisième fois, tenant par la bride un troupeau éclairci, amaigri... Où est-il, le bureau à cylindre trop grand pour moi ? Il a péri sur les chemins. Bon vent à l'ensemble canné, faux Louis XVI, à la commode-toilette et à son indicible odeur de célibataire et de peigne mouillé... Trois déménagements valent un incendie, dit le proverbe. Quoi, un seul incendie pour neuf années de jeunesse ? C'est un minimum de flammes. Au bout de ce bail, je repartais, sans regret de quitter le bord nord de Paris, Levallois fumeux et proche, visible au-delà des fortifications. Ces anciennes « fortifs », lisière montueuse plantée d'arbres, excavée de ravins verdoyants, et sa population oisive et vautrée, fournissaient à plein rendement la littérature, à l'époque...

Cette fois je ne partais pas sans but ni boussole : je visais un rez-de-chaussée.

Autrefois, un bon nombre de rez-de-chaussée étaient réservés à l'amour, clandestin ou non. Noirs, la lampe allumée en plein jour, mal aérés ; noirs, étincelants çà et là d'une paillette de feu sur un flacon, sur un tison ; assez confusément noirs pour que l'hôte et la visiteuse ne voulussent atterrir que sur la plage vaguement phosphorescente d'un divan, — telles le roman et la réalité nous peignirent les garçonnières. Puis une hygiénique ascension hissa celles-ci au faîte lumineux des immeubles modernes, et la garçonnière se fit studio. Une si grave décision rompit bien des charmes.

Ce que l'amour préfère, le chaste travail le réclame. Il choisit, lui aussi, de verrouiller la porte, d'allumer en plein midi la lampe, de déployer les rideaux et de faire silence. Nous ne sommes pas jolis, quand nous écrivons. L'un pince la bouche, l'autre se tette la langue, hausse une épaule ; combien se mordent l'intérieur de la joue, bourdonnent comme une messe, frottent du talon l'os de leur tibia ? Nous ne sommes pas — pas tous — élégants : la vieille robe de chambre a nos préférences, et la couverture de genoux, brodée à jours par les braises de cigarettes... « Vite mes savates ! je sens le poème ! » s'écriait une écrivaine, d'ailleurs charmante et pleine de talent... Le rez-de-chaussée cache nos tics et les favorise, il amende certains traits de notre caractère. Voisins pointilleux pour notre voisin, son piano, son enfant et son chien, nous supportons au rez-de-chaussée le gros canon de la porte cochère, qui secoue notre sommier et tire du lustre une plainte de cristal. Quand sonne la cloche fêlée des poubelles, elle ne nous éveille qu'à demi : « Il n'est que six heures ! » et nous nous rendormons.

Trois, six, neuf... Après mon troisième déménagement, l'idée de transfert me trouvait calme et aguerrie. Je considérais d'un front serein ces dislocations qui rebroussaient le poil de la chatte (ce n'était pas, hélas ! toujours la même chatte) et mouillaient de larmes mon unique servante : « Madame a beau dire, notre nouveau quartier n'est pas central ! »

Ayant repêché parmi mes biens terrestres, fort légers, mon portrait par Ferdinand Humbert, une litho de Forain où je n'avais qu'un œil, la photographie du portrait de Renée Vivien par Lévy-Dhurmer, un service à poisson qui n'a jamais rencontré chez moi de turbot à sa taille, une petite gouache où mes dix-huit mois brillent de tout leur éclat, mon sac de billes en verre (je les ai toujours), des livres et ma lampe à fleurs de lilas en cristal mauve, je m'en allai. Un petit arbre japonais nain, qui n'aimait pas les déplacements, mourut, lui, d'avoir changé de domicile.

Vous ne trouverez plus, rue de Villejust, à la place de la maison que j'habitai, qu'un immeuble luxueux assez récemment bâti. De mon temps, c'était une maison qui plaisait par son aménité modeste, son charme batignollais. Passée la porte cochère, vous découvriez que sa cour ombreuse communiquait par une grille avec l'immeuble qui porte, avenue du Bois, le n° 23. Les deux cours ombragées valaient un jardin : marronniers, massifs de silènes roses et de myosotis bleus. Lanka, la chatte blanche de Robert d'Humières, descendait de son ciel persan, s'asseyait au centre du massif rose et reposait sur toutes choses environnantes le regard de ses yeux surnaturellement bleus. Ainsi elle exposait sa blancheur à l'admiration bruyante des passants ; un télégraphiste s'écriait . « Une ouppe, une ouppe à poudre ! » ; le concierge facétieux l'appelait Noiraude, et je murmurais pour Lanka quelque chanson blanche. C'est plus que n'en pouvait supporter cette créature d'argent filé et de saphir. Sous l'hommage trop direct, elle frémissait de tout son pelage et rejoignait, par une fenêtre ouverte presque en face de la mienne, le maître qu'elle aimait d'un amour unique.

Je n'avais de ma vie habité seule. Dès la première nuit que je passai dans ce rez-de-chaussée, j'oubliai la clef sur la serrure à l'extérieur. Ce n'était pas seulement négligence, mais confiance. Jamais je ne me fiai à un abri autant qu'à celui-là, qui coûtait dix-sept cents francs par an. Sur la rue, une pièce s'ouvrait au plein soleil. Car l'hôtel des Leroy-Beaulieu, en face, bas et retiré au fond d'une cour, me laissait tout le bénéfice de l'ouest. Quand je vous aurai confié que deux autres petites pièces complétaient mon domaine, je ne vous aurai expliqué ni dépeint son charme, et je serais bien embarrassée de le faire aujourd'hui. Tantôt soulevée d'une allégresse nouvelle, tantôt assoupie dans une sécurité sans borne et sans motif, je sais que je voulus vivre et mourir là. Le matin, j'écoutais les attelages, retenus sur la pente, ralentir leur trot devant ma fenêtre avant de tourner le coin de l'avenue, et le soleil abordait mon lit. Quand je songe au broc d'eau froide, au broc d'eau chaude près de la margelle du tub, devant un feu de bois et de charbon, je me dis que ce confort-là m'eût suffi pendant des années... Un savon sphérique, anglais et noir, sentait le goudron et la rose, et le soleil dansait dans l'eau...

Oui, je voulus vivre et mourir là, battre le Bois par tous les temps, ouvrir ma fenêtre pour regarder passer les cavaliers quotidiens, et les cavalières, toucher de la main les oreilles du cheval que le « fils Millevoye » amenait au trottoir pour me dire bonjour, me récrier devant la mule ravissante montée par Menabrea, admirer la belle allure d'Iza de Comminges et le chic d'Arthème Fayard. Polaire passait quelquefois par là pour regagner les écuries de Mme Hensmann, qui lui louaient une étonnante jument isabelle presque rose, dont la crinière et la queue noires touchaient quasi la terre. Les premières amazones à califourchon, dont j'étais, regardaient avec étonnement cette guêpe à cheval, sa longue jupe, son sourire de suppliciée et le catogan qui, resserrant ses cheveux courts sur sa nuque, découvrait — rare spectacle ! — deux petites oreilles parfaites. Je voulus m'assurer pour longtemps la jouissance de cet accoudoir, ce modeste poste de guet au-dessus d'un mouvement luxueux, ce calme au sein duquel, étonnée, je voyais luire au loin et palpiter je ne sais quelle flamme tranquille qui se fût promise à moi, couchée en rond dans mon âtre bordé de marbre blanc... J'écrivis à Mme W..., propriétaire américaine et invisible, pour lui dire mon désir de vieillir sans bruit rue de Villejust, à la faveur d'un bail de vingt ans, de trente ans... Elle me fit répondre que le tutélaire immeuble était voué à la démolition et qu'un honnête dédommagement serait versé, trois mois plus tard, à tous ses occupants...

Je ne me résignai pas gaiement, car je sentais le prix de ce que j'allais perdre. Je m'étais crue arrivée, arrimée, et ma halte la meilleure ne durait que depuis deux ans et demi... Diable soit de Mme W... et de ses opérations immobilières ! Nous étions, chez elle, un petit lot de locataires, gens de peu de bruit, de peu d'argent, contents de respirer l'air du Bois, son parfum de catalpa au printemps, son jaune arome de feuilles chues à l'automne. Et nous aurions, tous, bien voulu que cette dame américaine nous oubliât là, entre nos cheminées à feu de bois, nos tubs, nos becs Auer et nos marronniers à fleurs roses.

Déménageant, emménageant, je me flatte d'y avoir appris dix sortes de sagesses au moins, et tout autant de déraisons. Condamné par l'hygiène, c'est pourtant à ce bas étage, sourd aux orages d'été, clos aux ouragans d'hiver, que je me fiai, pour son caractère d'illusoire lieu d'asile, avec l'espoir d'y tenir secret, un jour, un bonheur qui serait enfin le mien.

« Les Ternes ! Voilà un quartier ! Les huîtres portugaises y sont à neuf sous la douzaine, pas les plus grosses naturellement, la viande de boucherie y est bien avantageuse aussi. C'est à considérer. »

Quelle est la vieille voix sage qui me catéchisait ainsi ? Une voix, un visage presque oubliés. La voix d'une dame âgée qui m'apprit la recette du « café au lait de concierge », succulent petit déjeuner, goûter de gourmand... Voit-on encore cette sorte de vieilles dames qui finissent seules leur vie et cherchent leur raison de vivre dans la sociabilité ? Celle-là comme bien d'autres vivait d'approcher son semblable. Sans quitter son petit « chapeau fermé » à grappes de cassis, elle savait faire ici une piqûre de cacodylate, là un lait de poule, ailleurs tirer les cartes, rouler les cigarettes, accompagner au piano... Une vieille dame gaie, de qui je n'imaginais la triste expérience qu'avec un frisson. C'est elle qui cherchait à me consoler de quitter la rue de Villejust. Je refusais d'abandonner mon quatrième appartement, je repoussais le riant avenir nourri d'huîtres à neuf sous les douze, je pleurais en secret mon paradis à dix-sept cents francs de loyer, le voisinage du Bois, de Robert d'Humières, de Renée Vivien, et même celui d'une pension-restaurant, retirée au fond d'une allée à jardinets. Après un bon dîner simple, la familiale pension se changeait en petit tripot, où le « pot » mêlait les louis aux billets de banque... Ce poker-là ne m'était pas accessible, mais quelquefois, par condescendance et désœuvrement, la patronne m'initiait au bézigue.

Elle jouait tous les jeux à bout de bras, sa corpulence exceptionnelle la tenant loin de la table. Jamais auberge silencieuse n'abrita une plus vive frénésie de jeu. Quatre pokéristes surtout, une femme et trois hommes, arrivaient vers cinq heures d'après-midi, dînaient peu, passaient la nuit, prenaient le chocolat à deux heures du matin et la soupe à l'oignon à huit heures, se lavaient les mains, buvaient un whisky-soda à onze heures, rentraient chez eux vers midi pour le bain et la sieste, et recommençaient. Leur plaisir avait toutes les apparences de la résignation, et ils n'échangeaient que les mots strictement nécessaires. Le gagnant ne semblait jamais plus gai que le perdant. Je ne les connaissais ni ne les aimais. Mais, de les trouver fidèles à leur jeu et à leur silence, je les croyais épris de mortification parce qu'ils ne riaient pas, et mystérieux parce qu'ils se taisaient. Valaient-ils les dix lignes que je leur consacre ? Oui, si l'on m'accorde que ces souvenirs, fermés aux premiers rôles, admettent, parmi des décors qui fondent comme capucins de cartes, les comparses, les figures collées à la toile de fond, les petits personnages qui ont passé muets, ou proféré d'une voix blanche trois mots parfois sibyllins.

« Vous savez, les Ternes, c'est mieux qu'ici, insinuait la vieille dame. On construit sans arrêt. Vous avez maintenant, pour des prix imbattables, des installations princières dans les deux mille cinq, deux mille huit. »

Je n'eus jamais d'appétit pour les lambris princiers. Les Ternes... Pourquoi pas le Grand-Montrouge ? J'envisageais l'inévitable avec découragement. C'est pourquoi j'aboutis à une zone intermédiaire, péreirienne autant que ternoise, qui se réclame d'un sergent héroïque, d'un Sénoch canonisé, d'un Bayen qu'enjambe le château des Ternes.

« Comme ça, conclut la voix sage et âgée, avec les tramways, vous voilà par le fait à vingt minutes de la Madeleine. »

Pareil argument me laissa sans réplique, moi qui n'allais jamais à la Madeleine, sinon par gourmandise, chez Hédiard.

Le grignotage des parcs privés, à Paris, est à peu près achevé. Vers 1908 un jardin admirable régnait au flanc du château des Ternes. Que de violettes sauvages au printemps, sous sa futaie !... Une rue le mutila. Puis sur le restant du parc on éleva encore vingt immeubles... En même temps que les arbres on abattait des nids, et encore des nids... C'est dans toute cette dévastation que je campai le mien : un rez-de-chaussée à peine figé. L'architecte constructeur me fit remarquer qu'en abaissant jusqu'au trottoir une des trois fenêtres de façade je disposerais d'une entrée particulière... Il faut se dire qu'à l'époque, la vogue de l'atelier d'artiste était pâlissante devant celle du rez-de-chaussée jouissant d'une entrée particulière. Plaisir de vanité plus encore que de commodité. « C'est idéal, ma chère, on ne passe pas devant la loge des concierges ! Pour les chiens, c'est le rêve ! » Je me blasai vite sur l'agrément d'envoyer ma chienne... rêver sur le trottoir sans passer devant les concierges. Aussi bien la bouledogue tenait à honneur de sortir en sautant par la fenêtre et de rentrer par le même chemin. C'est la chatte qui fit, de l'entrée privilégiée, le plus grand usage. Elle noua des relations de quartier, tutoya trois petits chiens noirs, tout harnachés, comme pour le cirque, de rubans et de sonnailles. Tantôt elle les giflait et tantôt elle les accueillait, maniérée, assise en lapin et les pattes de devant hautes. Gifles et grâces en pure perte d'aileurs : les shipperkes n'ont jamais rien compris à l'espèce chat.

Il reste toujours à peu près imaginaire, notre logis de prédilection. Mes déménagements n'ont pas poursuivi la réalisation d'un songe, mais bien plutôt renoncé chaque fois à lui. Une maison natale, même bien-aimée, n'existe jamais tout à fait réellement, puisque nous la voyons avec nos yeux d'enfants, vastes et déformateurs. Si je savais peindre, j'aurais essayé de peindre le logis que j'eusse voulu habiter. Elaboré lentement, par engouements fragmentaires, il était à faces multiples comme les yeux de la mouche. Je ne suis pas bien sûre de ne pas multiplier, encore aujourd'hui, ses facettes... A l'une d'elles s'agrippait un myrte double, étoilé de ses fleurs comme un firmament. S'il vit encore, il continue à fleurir follement, et je sais que par les nuits d'été sans lune sa blancheur éclaire un mur de granit gris, qu'elle couvre jusqu'au toit. Une autre façade élue possède un « couvert » de treilles serrées, opaque et froid, qui défie les pluies drues. Une autre façade porte au flanc une prodigieuse petite source, sorte de bénitier qui, depuis des siècles, déverse inépuisable un excès d'eau sous la forme d'une draperie liquide dont le bord s'effrange, une tunique de naïade qui toujours et toujours pend du même côté de la margelle. L'ayant rencontrée une seule fois, je possède et emporte la source partout avec moi.

J'ai aussi frotté d'immatériel torchis rose une façade méridionale, sèche, craquelée, qui sent le pain chaud et le romarin, et qui s'exfolie pour ménager cent petits gîtes aux lézards plats... Mais il n'y a de perfection qu'en ce qui échappe à la mesure humaine : l'entrée de ma maison idéale, je l'ai autrefois empruntée à la mer. J'y accédais par un chemin, bien réel, qui coupait un pré de mer ras et salé, chemin foulé, entretenu par les pieds de l'homme et du mouton, bordé de lyciets, de troènes, de chèvrefeuilles, de tamaris amaigris par le vent breton. L'air d'été, en Bretagne, est bleu le matin, et emprunte son odeur aux roses blanches sauvages, qui fleurissent sans tige, ouvertes sur l'herbe courte, comme la rose des tapis persans. Le long du sentier réel tout m'était capture et butin, de la fleur à la mûre. Mon profitable songe ne commençait qu'à une certaine excavation de rocher, en bordure immédiate de la mer. Chaque flux l'emplissait, la peuplait ; elle restait pleine pendant la basse mer. La pureté de l'eau, sa couleur bleue et verte, le vert-bleu féerique des algues portaient à l'extrême la transparence ombreuse, la tromperie illimitée de la cavité. Dès que je projetais mon ombre sur son miroir, un vol de crevettes jouait sur son fond rose et vert, gagnait la protection d'une des parois, la plus accidentée, la plus chevelue de végétation. En juillet, le soleil de midi poignardait presque verticalement l'eau immobile, et je descendais en pensée sur les paliers des algues à travers zostères et fucus, fougères et mousses violâtres. Un sillage de poisson minuscule, deux doigts noirs et effilés de petite pieuvre tâtonnante, un essor de crevettes, la palpitation d'une houppe consciente, rose comme l'aurore, berçaient sans l'obscurcir l'eau illuminée. Que de vie... De très petits trigles bleus et or, épines au front et aux ouïes, se posaient d'algue en algue comme des colibris. Une crevette, à la suprême ramille d'un fucus, figurait le rossignol isolé de cet éden...

Le fond de mon puits s'entre-bâillait en grotte d'un pied à peine de hauteur. Sous la voûte qui brillait sourdement de tous les verts et de tous les bleus, un hôte rêvait, qui n'était pas toujours le même. J'y ai vu un crabe militairement bleu et rouge ; une pieuvre qui, dès que mon regard l'atteignait, se résorbait, cessait d'être présente ; un congre, toutes dents visibles, un gros trigle au front déprimé... Quelle que fût la bête, son alcôve la couvait étroitement, limitait, d'une lèvre protectrice, l'ombre et la lumière, et je faisais un de ces vœux qu'on n'avoue à personne : « Que je vive dans un pareil gîte ! Que j'en puisse sortir comme s'il m'enfantait ! Que j'y rentre comme si je retournais à un temps d'avant ma naissance !... »

Une dame naïve, que j'ai connue, s'obstina pendant trente années à relever cavalièrement, sous une plume d'autruche, le bord gauche de tous ses chapeaux, s'imaginant qu'ainsi elle était le portrait vivant de la Grande Mademoiselle. Il ne faut pas s'étonner si, par le moyen d'un papier-velours vert olive, j'espérai transformer en grotte marine un rez-de-chaussée des Ternes... Hors cette grotte, je ne vois rien qui m'ait paru digne, un temps, d'être habité, sauf un nid de troglodyte, que je ramassai vide. Son intérieur exactement sphérique, foré d'une entrée minuscule, fleurait le foin, le parfum aussi d'un brin de serpolet sec, emmaillé à l'herbe fine et à des fils de crin. J'habitai ce nid l'espace de quelques semaines ; puis j'y renonçai. Ce ne fut pas le moins pénible de mes déménagements.

Des fougères en pots, des reines-des-prés, des rosiers nains, les végétaux résignés et sans fleurs que nous nommons pêle-mêle « plantes vertes », quelques pieds de primevères poilues, et du lobélia et du calcéolaire, — je n'oubliais pas, au printemps, trente centimètres carrés de myosotis et ces petites banquettes rectangulaires, en forme de tarte aux pommes, bien fleuries de marguerites rouges ; — tels furent les meubles dont j'emplis la pièce d'entrée, avec le vain espoir qu'elle me rappellerait ma grotte marine. Mais mon jardin s'obstinait doucement à jaunir, puis mourir. Et moi-même...

Mais je ne tentais pas d'évasion. Une certaine sorte d'inertie n'est pas mauvaise, lorsqu'elle ne désespère pas. Polaire avait coutume de s'en remettre à Dieu, et sa foi obscure s'exprimait en paroles ingénues : « C'est quand on est au fond de cent pieds de... que, tout d'un coup, quelque chose vient vous en retirer. » Elle ne se trompait pas : une miséricorde supérieure l'a finalement retirée de cent pieds de vie pénible.

Le souffle toujours imprévu, le brûlant oxygène

qui donne vie et couleur aux femmes, bouscula mes jardinets cloîtrés, enflamma mon refuge olivâtre ; les jours et les nuits crépitèrent de téléphone. Un vif bonheur, un malheur éclatant me menacèrent ensemble. Sous leur poussée j'hésitais, tant je me sentais avide de témoigner à l'un la même révérence et le même intérêt qu'à l'autre. De cette exceptionnelle saison du cœur date l'ère de mes gîtes exceptionnels.

Et pour commencer, j'acceptai d'aller, dans le seizième arrondissement, habiter un des « chalets suisses » dont le XIXᵉ siècle en sa première moitié ensemença le village de Passy. Construits légèrement, assurés pour cinquante années, bon nombre durèrent un siècle. Rue des Perchamps j'avais déjà connu l'un d'eux, sorte de bungalow exhaussé sur une galerie de bois à balcon. Il régnait sur un jardin de trois mille mètres, livré aux arbres âgés, aux églantiers, aux noisetiers aveliniers et aux chats affranchis...

Le chalet qui s'entr'ouvrit pour moi et joua comme un piège était tout semblable, dans ses dimensions modestes, à un accessoire de décor suisse. Il avait, du décor théâtral, la fragilité et le bon style alpestre, les auvents ajourés de trèfles, les balcons et les charpentages à fleur de brique. La vigne vierge pourvoyait au reste, en rideaux et guirlandes. Ce chalet meublait le fond d'un jardin entouré de jardins, et son romantisme helvétique bénéficiait d'une légende : c'était à un peintre jaloux, épris de son modèle, que le petit enclos devait sa porte cochère et sa serrure, toutes deux de métal massif.

La première fois que je passai la lourde porte, il faisait nuit lumineuse, mois de juin, acacias en grappes, lampes rouges étouffées derrière les rideaux. Une vaste pleine lune, posée sur la corne du toit, semblait prête à chanter. Les jardins environnants cachaient les murs. Je m'arrêtai au bord de ce leurre, de cet excès de charme, de ce guet-apens. Peut-être était-il encore temps de rebrousser chemin ? Mais déjà l'hôte venait au-devant de moi...

Dans le chalet, pénurie et superflu s'accordèrent pour entretenir mon enchantement. La salle de bains se tenait sous un hangar, et n'avait été prévue qu'à l'usage des chiens du logis. L'ancien atelier du peintre, isolé du chalet, se parait de boiseries Louis XV, mais son plafond laissait filtrer la pluie. Une galerie-bibliothèque ne contenait guère que des auteurs latins reliés en veau, et quelques tomes dépareillés de Mémoires divers — la provende littéraire, en somme, des châteaux de province, où l'on se couche à neuf heures... Envieuse des chiens, je voulus aussi une salle de bains. Vœu imprudent ! dès qu'un corps de métier y porta la main, le chalet défaillit çà et là, revendiquant ses droits de décor usé, son comique de féerie et d'illusion. La moindre intervention du plombier requérait d'urgence le maçon, l'humidité et le clair de lune des contes de Perrault coupaient le courant électrique. A l'équinoxe d'automne de grands pans d'auvents, percés de trèfles, volaient avec les feuilles et les ardoises. J'allumais alors un feu de bois, et je travaillais en attendant la fin de la bourrasque, la fin de la mauvaise saison, la fin d'un somme heureux... Aucune maison ne me conseilla si fidèlement l'attente. Quelqu'un — peut-être le beau modèle séquestré — avait dû attendre longuement dans la même chambre, devant un feu de bois, et je prenais ma faction en patience.

La naissance d'un enfant, les deux premières années de la Grande Guerre, des lettres qui ne venaient pas, qu'importe ce que j'ai attendu sous les murs friables du chalet, puisque à peine comblé le sentiment d'attente renaissait de lui-même ? Pour l'attente nocturne la barre d'appui était à la hauteur des bras croisés. Pendant l'attente diurne tout me venait en aide : l'immobilité sévère de la chatte, l'hésitation des larmes de pluie, le bâillement des chiens... Soudain une lettre tombait dans la boîte aux lettres, les chiens bondissaient comme appelés, et la maison tout entière et moi-même nous cessions d'attendre, de craindre et d'imaginer.

Je dois beaucoup au chalet de Passy. Sous ses balcons et ses trèfles, j'ai mené une vie véritablement féminine, émaillée de chagrins ordinaires et guérissables, de révoltes, de rires et de lâcheté. Là me vint le goût d'orner et de détruire. Là je travaillai, le besoin d'argent aux trousses. Là j'eus des heures de paresse. Cottage innocent et fleuri par beau temps, les nuits longues et les ciels fermés changeaient le chalet en « petite maison du crime », s'aidant du noir hangar béant, de quelques vitres aveuglées, d'un cellier qui sentait la carotte pourrie.

Jamais maisonnette en voie de s'anéantir n'accusa une vitalité aussi persistante, ne l'exprima avec une telle variété. Les bêtes y prospéraient, s'y multipliaient, les chats battaient des narines à l'odeur du rat jaune, et les rats jaunes ne craignaient que les hiboux. J'eus un voltigeant écureuil, deux couleuvres dont une vipérine au ventre rose, deux lézards verts. Les premières semaines d'une petite fille nouveau-née s'y chauffèrent au soleil de juillet... Vermoulu, condamné, spongieux jusque dans sa charpente, le chalet ne parlait que d'avenir, et de prolifération. Mais...

Mais un jour que je rentrais courant sous un orage d'été, je gravis le premier étage pour changer de vêtements. « La curieuse illusion d'optique, me dis-je. On jurerait que cette grosse pluie d'argent traverse obliquement la salle de bains. » C'est qu'un angle du chalet venait de choir dans le fond du jardin. Briques minces, poutres de peu de poids, leur chute avait fait moins de bruit que le tonnerre. Et comme la Grande Guerre n'était pas finie, les locataires rivalisaient de dénuement, souvent, avec les propriétaires. La propriétaire du chalet suisse, manquant d'argent pour les réparations urgentes, dénoua le bail et... je me remis en quête d'un autre toit, à défaut d'un autre chalet. Non que l'espèce helvétique en soit complètement éteinte. Le mien, coupé par une chaussée, fit plus tard un bien petit tas de matériaux effrités. Mais j'en sais un ou deux, cernés, menacés par le ciment, qui tiennent encore. Jusqu'à la fin ils gardent leur flore et leur faune, leur figure ambiguë, mi-éden mi-maison d'assassinée, et leur charmant brin de clématite au front.

Dépossédée encore une fois, perdis-je courage ? Que non. On perd courage et patience lorsqu'on ne déménage que deux fois en un demi-siècle. Mais les migrateurs de mon espèce, qui ne s'embarrassent ni d'éclairages sous corniches, ni de peintures décoratives, ni de lustrerie, vous troussent une installation en quarante-huit heures. Plus d'une fois j'ai mystifié des amis, braves névropathes que mes propres déménagements agitaient d'horreur au point de les empêcher de dormir, et qui venaient chercher leur frisson chez moi, dans le nouveau domicile, à même les paniers de livres, les meubles à la renverse et mes collaborateurs odorants, les déménageurs.

« Ah ! quel cauchemar ! soupiraient-ils.

— Oui. Allez-vous-en. Revenez ce soir vers six heures. Vous m'aiderez ?

— Oh ! bien volontiers, ma pauvre amie ! Ah ! quel...

— Vous l'avez déjà dit. A ce soir. »

Sur le coup de six heures, les tapis déroulés, trois paires de rideaux suspendues, les lampes enfourchées sur les prises, je me donnais l'air de lire ou de travailler, d'être là depuis dix ans. La bouledogue et la chatte me prêtaient leur malicieux concours, celle-ci calme à sa toilette, celle-là ronflant dans sa corbeille. Les autres petits génies subalternes, tels que fauteuils et presse-papiers en boules de verre, jouaient à s'y méprendre leur rôle dans un touchant tableau d'intimité ancienne et immuable... Et mes amis de rire...

Il me fallait un septième domicile, c'est-à-dire une petite demeure qui contentât le goût, pris au chalet, d'un univers minuscule et clos, où je ne rencontrasse pas « des gens » dans l'escalier. J'en eus un, n'importe lequel. Une maison basse d'Auteuil me fit signe. Elle cachait un jardin, et devant elle verdoyait le fouillis, le taillis, le ravin luxuriant et souillé des fortifications. Par delà le ravin, c'était le Bois... Quoi, le Bois serait aussi à moi ? Je sonnai.

Une jeune femme, jolie, maquillée, ouvrit et dit d'un ton incertain : « Je vais voir. » Elle m'abandonna dans un salon qui, quoique meublé, semblait vide, et qui ne s'intéressa pas à moi. Agile dans sa jupe de fillette, la jeune femme revint, guidant une personne en peignoir de pilou gris et noir, qui avait les yeux bandés. Le bandeau rebroussait sur son front une houppe de gros cheveux poivre et sel, inégaux, raides, et elle tâtait l'air, en marchant, de deux petites mains ridées, d'une délicatesse émouvante. Elle dit :

« Madame... A qui ai-je le plaisir... ? »

Je retins une exclamation de surprise, car je

199

reconnaissais en même temps le son de la voix, les petites mains, un menton que l'âge touchait à peine, les dents bien rangées, et je dis : « Eve... »

J'avais devant moi Lavallière, presque aveugle par accident, reléguée au fond de la cécité, sans fard, frisure ni henné, perdue dans une robe de chambre pour vieux monsieur pauvre, trop longue et trop large, un vêtement de hasard comme ceux qu'on jette sur les rescapés de l'incendie ou de la noyade... Dès que je me nommai, elle se récria, m'expliqua en hâte qu'elle achevait de guérir. L'instinct puissant de la coquetterie la redressait, elle s'agitait dans le vaste et déplorable vêtement comme une hirondelle prise dans un rideau, afin que je la devinasse svelte, vive, gracieuse. Elle me parla de son prochain entresol : « Champs-Elysées, au-dessus de Panhard, ma chère ! »

Elle voulut me reconduire jusqu'au seuil, et dit en étendant sa petite main d'aveugle : « Ah ! il pleut ! Encore ! » et de cette main me jeta un baiser qui se trompait de direction...

Peut-être eût-il mieux valu qu'elle fût pour moi la dernière, cette vision de Lavallière frappée passagèrement dans ce qu'elle avait de plus beau : ses yeux mobiles, légèrement divergents, lumineux. Par chance, elle guérit. Je la revis, avant ce qu'on nomma sa conversion, dans la même petite maison du boulevard extérieur que je devais habiter peu d'années.

Un matin, je la rejoignis sur les fortifications d'Auteuil, bosquets accidentés où poussaient l'acacia et l'érable. Lavallière y bondissait avec son chien. Je crois qu'elle était heureuse, ce matin-là, de me montrer qu'il n'était question ni de bandeau, ni de robe de chambre en pilou, ni d'âge mûr. Elle portait un costume de jersey couleur de cigare clair sur un sweater d'un bleu doux, un petit feutre masculin havane, sous le bord duquel ses yeux ressuscités brillaient de jeunesse. Sauf la figure, le cou et les mains, tout son corps mince et agressif restait indiscutablement jeune. Elle me parlait théâtre, et encore théâtre, passionnément. Soudain elle s'interrompit, releva son sweater sur sa transparente chemise, me montra qu'aucune ceinture, aucun soutien-gorge ne déguisait son torse de jeune fille. Elle pressa d'une main son petit sein bien placé et s'écria, d'un ton de désespoir et de récrimination indicible : « Enfin, c'est pourtant du vrai, tout ça ! C'est bien moi ! J'existe ! »

Je lui succédai dans la maison du boulevard durant qu'elle emménageait aux Champs-Elysées, et elle m'invita à déjeuner dans son nouvel entresol. Un jeune décorateur avait décidé que la table à manger fût soutenue par des cariatides démesurées, massives, en bois sculpté, de manière que les convives n'eussent d'autre choix que de se meurtrir les rotules ou de se tenir loin de leur assiette. Lavallière, pour ne rien perdre du soleil, voulut prendre le café assise par terre, les bras noués autour de ses genoux. Ainsi elle était obligée de lever vers nous ses yeux tantôt gais, tantôt pleins d'une supplication obscure. Fréquemment elle touchait et dérangeait d'une main inquiète ses cheveux redevenus noirs, mais qui sous le rayon de soleil révélaient une couleur artificielle, opaque et violâtre.

J'habitai donc, après elle, sa maison. A cause des temps difficiles, — la guerre ne voulait pas finir, — j'y respectai ce qu'elle avait laissé. Un batik ocre et noir resta aux murs de la chambre à coucher, un autre batik blanc et rouge drapait abondamment trois fenêtres. Une moquette imitait le dallage blanc et noir. Un lit-divan très bas, houssé de dentelle d'or ternie, offensait le toucher, et les jours humides l'odorat. Nulle part, je ne vis une matière luxueuse ou simplement solide, un tapis d'honnête qualité, un sommier ensemble élastique et ferme, un revêtement de bonne peinture. Lavallière possédait-elle, à l'époque, quelques-uns de ces bijoux qu'une comédienne emporte, authentiques, au sein de la fiction, le solitaire de poids qui jette ses feux sur tous les gestes d'un drame et hallucine le spectateur ? Probablement, mais je n'en suis pas sûre. Sa stature de fillette, si gracieuse sur la scène, limitait son avenir de comédienne, et elle s'en rendait compte :

« Cheirel peut jouer les mères, disait-elle ; Lender peut jouer les mères, mais pas moi... Quand j'aurai soixante ans, si je veux jouer une mère tout le monde rigolera. Alors quoi ? il faut que je meure ? »

Elle mourut au monde et à la scène, en effet.

La dernière fois que je la vis, chez des amis communs, son entrée nous fit sourire de plaisir. Un couturier avait inventé pour elle une sorte de sarrau d'écolière, en satin noir, la taille basse et froncée, des manches longues ; l'empiècement montait jusqu'au cou et s'épanouissait en collerette également froncée. Les pieds d'enfant, les jambes qu'aimait Paris étaient heureusement visibles sous cette courte robe-tablier, dont la doublure rose paraissait par échappées sous l'ourlet de la jupe, à l'envers de la collerette, au bout des manches et à l'intérieur des poches, froncées elles aussi, dans lesquelles Eve Lavallière enfonçait d'un air gamin ses petits poings. Triste-gaie, vieille-jeune, elle eut ce soir-là tantôt vingt ans et tantôt soixante... Comme j'étais sur son chemin quand elle s'en alla, je lui dis une banalité sincère :

« Vous êtes ravissante dans cette robe... Que c'est charmant, ces petites poches doublées de rose !

— Oui, dit-elle. Et puis, c'est bien utile... »

Elle me tendit courageusement ses mains délicates, tout en petits osselets fragiles, en tendons, en veines sombres, arborescentes et gonflées sous une peau froissée irrémédiablement :

« ... Pour cacher ça », acheva-t-elle.

Elle sauta sur un pied, fit une volte de ballerine et disparut.

Une malléabilité singulière caractérise l'hôtel particulier, quand il aime les familles. La plupart de nos maisons de Paris vont s'éliminant, de par l'action du temps et celle de la pioche. Leur édification procédait d'un égoïsme intransigeant qui était l'égoïsme à deux. « Un nid, un véritable nid ! » s'écriait-on. Mais c'était des nids où l'on pondait peu. Après essai, leurs occupants s'apercevaient que le nid pour deux eût fait l'affaire d'une dame seule ou d'un célibataire, dès que se posait « la question de l'enfant ». C'est que la question de l'enfant posait elle-même la question de la chambre d'enfant. L'étroitesse des logis fait les ventres avaricieux. Ça et là on rencontre des maisons favorables à la géniture, dont la vocation se révèle à l'usage. Elles débordent de bonne volonté, je dirai même d'élasticité. Ici se creuse la place imprévue d'un petit lit, là peut s'ouvrir une fenêtre. Un cabinet de débarras monte en grade, mérite de recevoir et de couver un blanc cocon couché dans son berceau. La maison prédestinée semble s'élargir comme fait une poule sur ses poussins...

Ce n'est pas ainsi qu'il en fut pour l'ex-maison de Lavallière. De n'être pas aimé, sans doute, ce petit hôtel s'était recroquevillé. Une âme trouble, sollicitée par la foi, mais avide de briller encore, désespérée d'habiter un corps vieillissant, dessillée et puérile, avait langui entre ses murs. Mais aucune hostilité ne me venait de lui. Je le sentais fragile, et je protégeais comme je pouvais la demeure qui me protégeait peu. Dès le premier son des alertes nocturnes, de 1915 à 1918, j'ouvrais les fenêtres — il importait de sauver les vitres — et je me recouchais. Autour de moi cette maison où j'étais seule — l'homme dans l'Est, l'enfant aux champs — résonnait comme un tonneau vide quand les avions de bombardement passaient au-dessus d'elle. J'admirais que ma chatte âgée, une grande persane bleue, eût l'air de les voir et de suivre leur vol à travers le plafond. Elle ne manifestait pas d'épouvante, l'excès de bruit lui infligeait seulement un tournoiement du regard. En dehors de l'affection qu'elle me portait, cette chatte de grand caractère ne nouait d'amitié qu'avec des Auteuillois de bonne souche, choisis parmi ceux qui disaient : « Je vais à Paris, vous n'avez pas de commissions ? » Ils tâtaient leurs poches avant de partir, recensaient leurs clefs, leur portefeuille, s'interrogeaient : « Voyons, est-ce que je prends le 16, ou bien le métro ? »

Mes voisins aimaient les bêtes, poils et plumes. La chatte se rendait chez eux en franchissant le mur, bleue, fluide et longue comme un ruisseau. Jalouse, ma servante de ce temps-là hochait le front : « Un des fils des voisins prend notre chatte sur son lit. L'autre fils la dessine. Et ils ont un ami qui la tire en photo sur cartes postales ! Nous ne pouvons pas lutter. »

Comment le petit hôtel devint veuf de son maître, l'événement n'importe guère à des souvenirs qui cherchent leur chemin de nomades parmi les seuils, les vestibules, la secrète influence d'une orientation, le travail malaisément déchiffrable du hasard, l'œuvre accomplie sur moi par les prédécesseurs qui ont, dans chaque nouveau logis, couché leur insomnie au long d'une muraille, attendu près d'une fenêtre, le front sous le rideau. Ce que je m'étais évertuée trois ans à lui donner, le petit hôtel le perdit en un mois. Le rez-de-chaussée redevint humide et triste, la salle à manger me refoula au premier étage, où j'emportai sur un plateau la dînette des femmes seules. Ma bicyclette, dans l'antichambre, remplaça un meuble vestiaire. Tout redevint succinct, indispensable, sobre, sauf le jardin aménagé pour les mésanges et les rossignols de muraille, meublé de nids, de rosiers, d'héliotropes et d'une longue glycine. Jardinet charmant, mais je n'en étais plus à croire qu'une existence s'établît sous une tonnelle, qu'une pergola panse la plupart des maux. Je savais contempler mes propres erreurs aussi lucidement que celles d'autrui.

Eh quoi ! l'aimable petite maison perdait, si vite, son âme ? Elle était de celles pourtant qu'on trouve gentilles ? Non, c'est nous qui étions gentils. Nous partis, nous disjoints et la grande vague de fond, l'amour, retirée aux confins de l'horizon, le gîte valait ce que valent certaines villas en bordure de mer : à marée pleine on ne leur résiste pas, mais la marée basse découvre une plage vaseuse qui sent la moule pourrie. A la petite maison de Lavallière manquait ce qui avait soutenu, contre vermoulure et autans, le chalet suisse : un secret, un mauvais goût lyrique, un maléfice, bref une poésie.

Mais où irais-je, cette fois de plus ? L'après-guerre dépouillait Paris de tous les écriteaux « A louer ». C'est alors qu'imprévu, non désiré, plutôt craint, s'arrondit au-dessus de ma perplexité une courbe d'arc-en-ciel : le cintre d'une fenêtre d'entresol, sur le jardin du Palais-Royal.

Les sites anciens et historiques traînent avec eux de longues légendes, dont la plus tenace est rarement à leur gloire. Le Palais-Royal est plus célèbre d'avoir été mal famé que d'avoir bercé la Révolution. Il est vrai que Paris connaît mal Paris. Le jardin lui-même n'est d'ailleurs connu, fréquenté, que par ses habitants riverains et ses voisins immédiats. Encore faut-il que ces derniers soient dotés du petit enfant ou du chien — l'un n'exclut pas l'autre — de qui l'hygiène réclame un lieu sûr. On n'emprunte guère la largeur, la longueur du jardin en guise de raccourcis. Le hasard et l'oisiveté sont les seuls guides du passant qui s'arrête et s'écrie : « Que c'est beau ! » Ce chef-d'œuvre bâclé en quatre ans, chancelant presque de toutes parts, n'a point de détracteurs. Sa médiocre et régulière hauteur laisse descendre très bas un grand plafond de ciel parisien, l'aurore a tôt fait de dépasser ses toits, le couchant prend le temps de les rougir et les fleurs s'y conservent jusqu'à l'arrière-automne. Paris ignore le reste et qu'une magie particulière enrichit, par exemple, les entresols du Palais-Royal. Nulle part ailleurs la séduction du bien-vivre ne défie si insolemment les conditions normales de l'existence. Dans les étages supérieurs du Palais s'explique le plaisir de dominer des charmilles et des parterres, de lever les yeux vers le ciel changeant, de respirer l'odeur des plates-bandes après la pluie. Mais les entresols ? Qui, hors moi, plaida, plaidera pour ces tanières blotties sous les arcades, écrasées entre l'étage noble et la boutique ?

Un loyer modeste, un plafond que je touchais de la main — deux mètres vingt-deux — une étendue toute en longueur dont je pourrais distribuer à mon gré les quatorze mètres soixante-dix : voilà les tentations que m'offrit le hasard. Moi qui me jetais tête baissée à travers baux et contrats, j'hésitai, tant la demeure était étrange, devant mon domicile n° 9. Pourtant un jour tout fut dit et signé, et je m'engouffrai dans le tunnel, dans le manchon, dans le drain, dans le tiroir...

« Gardez-vous d'y sauter de joie, me conseilla un humoriste, vous vous fêleriez le crâne.

— Je sauterai de joie, répondis-je, quand Quinson, directeur du théâtre voisin, m'aura cédé l'appartement du premier étage, au-dessus de ma tête. »

Mais je cessai de convoiter l'étage ensoleillé, tant je me pris d'amitié pour l'étage obscur où je suspendais rideaux et tableaux sans même recourir à une échelle, rien qu'en me haussant sur la pointe des pieds. Vers le plafond, fleuri comme les murs, le pavé des arcades et le sol du jardin rejetaient en plein jour une lumière de rampe. Point de ciel visible sauf — côté Beaujolais — le fleuve de nuages qui coule au-dessus de la rue Vivienne. Sur le jardin, le cintre de mes fenêtres épousait exactement la courbe des arcades, et chaque arcade, le soir, s'éclairait de la grosse lanterne en goutte d'huile. Par delà les deux arcs, je pouvais apercevoir les troncs de la charmille, la palpitation d'eau fouettée dans le grand bassin. Pour le plafond des arcades et les supports des lanternes, ils appartiennent, aujourd'hui comme autrefois, aux nids des passereaux et aux amours des pigeons.

Je ne comptai pas, parmi les séductions de mon enclos, un vieil Office Colonial, qui déshonorait les galeries de Chartres et d'Orléans. Son toit de vitres émiettées n'abritait plus guère le passant, et ses trésors exotiques consistaient en papillons océaniens décolorés, échantillons de bois durs, photographies de palmeraies, de cocoteraies tahitiennes et de cascades marquésanes. Tout cela, qui est depuis plus de dix ans aboli, ne méritait pas de durer, sauf dans ma mémoire qui se peuple sans répugnance de vitrines mortes et de coléoptères ternis. Mais mon premier matin de Palais-Royal fut, paupières encore fermées, l'illusion d'un beau matin de campagne, car sous ma fenêtre cheminaient ensemble un râteau de jardinier, le vent courant d'ouest en est dans les feuillages, et cette liquide gorgée qui monte et descend dans le cou sonore des pigeons.

Sous mon plancher passaient, repassaient les usagers du passage du Perron, de qui je pouvais croire qu'ils empruntaient, de bout en bout, mon étrange appartement lui-même.

Mais ces invisibles ne me gênaient pas, bien au contraire. Promptement j'aimai aussi le pouls de navire qu'imitaient sous moi les presses d'un imprimeur. Les nuits, placées sous la protection des agents jumelés, qu'elles étaient douces !... Un chat amoureux chantait, puis cessait de chanter pour affûter ses griffes à l'écorce d'un orme. Par mon tunnel ouvert aux deux bouts les sons nocturnes entraient, longeaient mon lit, sortaient en sautant mollement par la fenêtre opposée...

Ce n'est pas du silence que dépendent le repos de l'esprit et celui du corps. La Canebière, torrent de nuit et de jour, j'y dors mes nuits les meilleures. Le « tunnel », hanté de pas et de voix, fut le berceau d'une paix unique. La chatte et la chienne décidèrent aussi qu'elles y goûteraient une quiétude motivée. Elles classèrent dans leur sûre mémoire le chien d'onze heures, l'enfant de midi, les joueurs de ballon de deux heures, l'*Intran*, et jusqu'au gardien vespéral, qui, en fermant énergiquement les grilles, faisait tomber les plâtras de notre plafond.

Toutes deux avaient certes aimé mes demeures successives. Toutes deux — et leurs devancières défuntes — appartenaient à la gent qui nous aime et professe que là où nous sommes, là est la maison, le temple, le lieu de refuge. Chatte et chienne s'éprirent, particulièrement, du nouveau logis-tiroir surbaissé, riche en ombres, auquel les lumières artificielles donnaient, en plein jour, une vive couleur de petite féerie nocturne. Nulle part la chatte n'eut plus de penchant pour la course de long en long, — le large manquant — au galop derrière des fantômes, eux-mêmes longitudinaux, je pense, qu'elle pourchassait couvrant quatorze mètres soixante-dix et quatorze mètres soixante-dix et encore quatorze mètres soixante-dix... Nulle part le crâne sphérique de la bouledogue ne se farcit d'autant de documents, de noms propres, de sons variés, d'images qu'elle recensait à la manière bouledoguine, pendant la rêverie animale que nous nommons improprement sommeil.

Elle aimait les mots. Mais puis-je dire inutiles tous les vocables qu'elle classait, de « framboise » jusqu'à « droite » et « gauche », sans oublier la différence qu'elle s'était appris à faire entre « chaise cannée » et « petit fauteuil rouge » ? Après tout, c'était son affaire, et non la mienne.

Un tripot, peut-être pis ? Je n'en sais rien, ce sont des histoires que je me raconte. Il se peut que l'entresol où je forai ma cave ait été en effet la demeure, le poste de guet des demoiselles de plaisir qu'on nommait, en raison de leur affût et de leur fenêtre cintrée, castors ou demi-castors, selon que leurs moyens et la prospérité de leur industrie les rendaient locataires d'une fenêtre entière ou d'une moitié de fenêtre.

Je m'embusquai donc en bas d'un de ces immeubles à façades pareilles et continues, dont on ignore, si on ne les envisage que du Jardin, qu'ils sont étroits, pleins d'incommodités et d'attraits. Construits à la va-vite, ils ne furent réparés qu'à renfort de torchis et de pains à cacheter. « Mon parquet gondole », dis-je à M. Ventre, comme moi féru de l'édifice royal et minable. Il secoua la tête. « Non, madame, il ne gondole pas, ils descend ! — Et jusqu'où ? — Eh ! madame, jusqu'où il plaira à Dieu. »

Trompe-l'œil charmant, je n'en voulus pas à l'entresol de tendre vers le rez-de-chaussée. La futaie de grosses colonnes, aux angles du Palais, inspirera confiance encore longtemps : tout le monde n'est pas forcé de savoir que le cœur de ces gros fûts est de bois vétuste. Et j'allai de découvertes en découvertes. Je voisinai avec des orthopédies singulières, des baudruches camouflées, je flânai aux étalages des dernières librairies prometteuses, devant les couvertures illustrées : *L'Impératrice du cuir verni*, *Eperons et cravaches*... Je rencontrai à leurs heures des dames âgées, bureaucratiquement dissoutes ; des hommes qui semblaient respectables, mais au passage desquels les mères tiraient brusquement à elles les enfants joueurs...

Paris connaît mal Paris, et je ne tardai pas à me persuader qu'une grâce particulière baignait tous les pauvres pièges, que tout était, dans le jardin, consacré à la bénignité, à l'obligeance réciproque, à la courtoisie, l'aménité du bon voisinage. Vous croyez que c'est moi qui me trompais ? Alors, enviez-moi ! Mais pourquoi ne ferais-je pas autant de crédit à l'innocence qu'à la mauvaise réputation ? Tous mes souvenirs de logis aimables pâlirent, au prix de la seigneurerie qui me faisait accueil. Alentour, les Halles, bien pourvues en 1930, les rues jalonnées de restaurants intègres, les théâtres proches, les Tuileries en guise de parc, les quais et les îles — je ne tarirais pas sur ce qui se mit à éclairer ma vie. Par les nuits de lune, le Carrousel était d'argent, le jardin bleu et noir, et la féerie grisait les chats indivis. Une fille de ma chatte, très belle et un peu sotte, descendit, tourna sur place entre les colonnes pareilles aux colonnes, les ombres des arcades rangées derrière les arcades, au point qu'elle se mit à courir vingt fois autour du jardin en criant : « Au secours ! je suis enfermée dehors ! »

Nuits authentiques, jours fallacieux, lampe en plein midi sur ma table de travail, matinées sous un abat-jour vert... J'oubliai que je vivais là hors des bienfaits solaires, et que je me contentais de réverbérations. Si j'y gagnai, le second hiver, une bronchite sérieuse, la chatte, en dépit de ses promenades à midi en harnais écarlate, prit une congestion pulmonaire. Nous guérîmes ensemble, pour ensemble nous réjouir que la belle saison arrivât réverbérée, ricochée et indirecte.

Mais l'hiver suivant la bronchite était ponctuelle à son poste, dans mes bronches où elle menait un bruit de jupons en papier. Elle amenait son bagage cristallin de ventouses, et son petit page fiévreux, le point pleurétique... Il est bien rare que l'on se désagrège sans plaisir, et quel agrément que la réalité atténuée ! Au dehors l'horloge de la Bibliothèque nationale égouttait les heures. Un attelage de laitier, en passant à toute allure du pavé à l'asphalte, semblait perdre sa voiture et se réduire au cheval seul...

« Je trouve que vous avez assez joué dans cette cave, me dit mon médecin.

— Mais, objectai-je, j'attends l'appartement au dessus. Gustave Quinson m'a promis... Dès que son bail, dans deux ans et demi...

— Deux ans et demi ! Vous n'y songez pas ! »

Le mot « déménager » tomba dans mon oreille habituée. D'autres mots le suivirent, qui me dépeignaient par avance un local haut situé, aéré, clair... Par avance j'en fermais les yeux, comme lorsque le mistral inflige à la Provence un excès de lumière, de vent et de sable volant... Cependant je mesurais ce qu'il me fallait perdre, la galerie Vivienne, par exemple, et ses deux ruelles intérieures cachées, dignes de Venise, où Falstaff ne passerait pas ; leurs portes qui soufflent les ténèbres, leurs seuils qui trahissent le pied. Songez que le gaz et l'électricité n'ont pas encore rajeuni leur caducité innocente... Et Véro-Dodat plafonné de peintures Empire... Et tous les « trages », comme on dit en Franche-Comté, qui se nomment passage Pothier, passage Beaujolais, et même passage Public...

Et le dégagement accidenté qui conduit, entre deux beaux pavillons déshonorés par l'usage, à une « clinique des cravates » ! N'admirerais-je plus tel escalier classé, à la noble rampe ? On ne revient pas en pèlerinage vers le premier arrondissement quand on le quitte. Son charme est hasard, amicale rencontre, considération familière. Tel magasin alimentaire, enfoncé à même Saint-Eustache comme la pholade dans sa roche marine, vend des primeurs chez le roi Louis XII.

Il me fallait un appartement haut, aéré, clair... Tout ce que je pleurais déjà ne brillait que de lueurs fragmentaires, de paillons opposés au beau noir sourd, de surfaces polies où dansait un feu de charbon et de bûches, la chatte et le tapis étaient du même gris-bleu crépusculaire... Mes amis se liguèrent pour me vanter les vertus de Neuilly, l'air marin de la Butte, la rive gauche et ses jardinets. Je les laissai dire et me tus sur tous mes projets, jusqu'au jour où j'appelai quelques convives autour d'une galette de plomb et d'un saladier de vin chaud... tout en haut du Claridge.

Deux petites pièces communicantes sous le toit, une baignoire, deux petits balcons jumeaux au bord de la gouttière, des géraniums rouges et des fraisiers en pots, la plupart de mes meubles, et tous mes livres collés aux murs. L'immeuble — l'hôtel Claridge — était d'épaisseur. D'ailleurs, ma case numérotée jouxtait le gros mur mitoyen et personne ne passait devant ma porte. Un placard de toilette que deux prises électriques transformaient en « kitchenette » où bouillir pâtes, œufs, fruits, l'eau du café, le lait du chocolat; d'en bas montaient le « plat garni » du restaurant et la chaleur dans les tuyaux; la bourgeoise adonnée aux soins ménagers, la bohème raisonnable, la casanière errante avait pris ses précautions. « Et dans quinze jours, où serez-vous ? » s'esclaffèrent mes amis.

Ils riaient trop tôt. Quatre ans plus tard, nous prenions le soleil et le frais, la chatte, la chienne et moi, sur les mêmes balcons. Comme c'était facile en ce temps-là... C'est vrai que nous y mettions du nôtre, bêtes et gens, du charmant directeur jusqu'à moi, en passant par le menuisier du Claridge, qui me fit une table pour écrire au lit et refusa tout salaire.

« Mais, lui dis-je, quand ce ne serait que le bois de la table, je voudrais le payer... »

Il déroba, dans une énorme moustache, son rire de jouvencelle.

« Ne vous en faites pas pour le bois, je l'ai fauché un peu ici, un peu là... »

Je menai, à la cime d'un « palace », ma silencieuse vie de travailleuse peu sociable. La nuit, penchée sur le fleuve à peine ralenti des Champs-Elysées et ses fanaux mouvants, je regardais passer et repasser, plus rapides que les voitures, les oiseaux nocturnes. Car selon le quartier, la faune de Paris change. Dans ma gouttière fleurie du Claridge se baignait, je vous l'assure, une rainette. « En croirai-je mes sens ? » s'écriait à la voir la chatte, bégayant d'émotion. Par les soirs d'été, ils ne sont pas introuvables, les larges papillons attacus qui se meurtrissent en heurtant les réverbères, ni les petits sphinx sur les fenêtres fleuries...

Un court trajet, en ascenseur, du haut en bas, du bas en haut de l'hôtel, me mettait seul en contact avec une humanité variée. Des Anglaises descendaient vêtues, pour le dîner, de liberty glauque et de « pink chiffon ». Les princes hindous n'occupaient jamais moins d'un étage entier, traînaient leurs femmes, leurs enfants, leur suite de serviteurs, leurs orchestres privés, et durant quelques semaines les saris tissés d'or et d'argent, les musiciens brodés, un faible son de cordes pincées, un parfum épicé faisaient mon divertissement. Les beaux yeux, les lèvres sombres et vigoureusement modelées des enfants hindous, leur gravité et leurs joyaux dispersaient, par les couloirs de l'hôtel, la figuration d'une féerie silencieuse...

Un pacha marocain, débarqué tout blanc de laine fine et de gaze, éclaboussé de diamants, descendait méconnaissable le lendemain en complet de serge et chapeau fendu. Une fois j'en rencontrai un au fond de la piscine du Lido voisin... Les candidates au titre de « Miss Univers » s'engouffraient sous la tente rayée, dressée pour elles sur le trottoir des Champs-Elysées, déjeunaient de peu, dînaient d'amertume, essuyaient leur fard et leurs larmes. Des banquets politiques emboutaillaient le hall...

Mais au sixième étage, épargné, mes deux cellules fleuraient bon, berçaient un silence de grande altitude, une surprenante paix. Découvertes ! Partout l'inconnu, le nouveau, l'inaperçu se lèvent sur nos pas, pour peu que nous bougions. Le sommelier d'étage, tout plâtreux d'insomnie chronique, blanchi aux coudes et aux genoux, est une vivante créature, il parle, il a voyagé, il observe, il veut plaire et même aimer. Il sait offrir une rose désintéressée, une recette qui vient de son pays — il a un pays, une famille, un amour... Partout est la chaleur, si nous lui tendons nos mains froides, si notre souffle l'attise. J'ai reçu de tels dons, au sein d'un de ces lieux qu'on dit ingrats. La femme de chambre d'étage était une fine Basquaise, débile, une ombre légère dont les mains apprêtaient vingt-deux lits par vingt-quatre heures. Sa taille en restait penchée tout le jour. Pour quelques boîtes de phytine que je lui donnai, comment ne me paya-t-elle pas, pendant le temps — neuf semaines — que me tint un affreux zona ? Elle allait chercher à la lingerie des draps usés et fins, qu'elle voulait chaque jour changer et lisser elle-même... Etrangers, inconnus, comme vous devenez doux, quand nous nous avisons de vous faire le signe !...

Un écrivain travaille bien à l'hôtel. Dans son propre logis il tient trop de place. On l'y gêne, il gêne. Mais le portier de l'hôtel ment par plaisir, pour protéger la « dame qui écrit ». Les bruits de la terre restent en bas quand vous prenez l'ascenseur, et la bouffée même de grosse musique ne s'accroche pas à la cage montante.

Un jour que je montais chez moi, un homme bien vêtu, argenté sur les tempes, me donna un vague salut de courtoisie. « Madame ne connaît pas M. Alexandre ? me demanda le liftier ; M. Alexandre, le grand financier ? »

Peu de temps après, le grand financier ne s'appelait plus Alexandre. Il s'appelait désormais Stavisky, de par l'éclat d'un scandale, la fuite vaine, le suicide mal agencé, au loin, dans un coin de chambre. Les journaux photographièrent son cadavre tombé de travers, la tête contre le radiateur.

Car la faune des hôtels produit encore ses fauves maladroits ou experts, ses bandits naïfs et infatués. Au fond de M. Alexandre persistait le petit Oriental entiché de souliers vernis et de complets clairs. Peut-être eût-il porté sans ridicule la tiare, le fez, le pschent, mais il devenait impossible sous un chapeau parisien. Il me semble que, si on l'eût dépouillé de ses vêtements, il ne fût pas resté de lui beaucoup plus que d'un de ces bernards-l'ermite maigres, qui vivent au large dans un coquillage trop grand. Son drame, en éclatant, a projeté une semence nuisible. Mais bien d'autres drames de palace restent larvés, quittent la chambre numérotée, s'en vont buter plus loin contre une pile de pont, aboutir à un dancing, à un train de luxe, ensanglanter un escalier. L'assassinée, le fou, les deux amants liés dans une mort volontaire — attendez donc, est-ce que ce n'était pas justement cette dame en robe de « pink chiffon », cet homme qui se demandait à lui-même « pardon » en heurtant un chambranle, ce couple grisaille qui avait l'air de s'ennuyer ? Peut-être. Mais déjà ils s'effacent. Ce sont des fantômes sans ténacité, des fantômes d'hôtel.

Peut-être que si l'hôtel Claridge n'eût pas défailli financièrement je l'habiterais encore. Quatre fois quatre saisons m'y ont paru courtes. Soleil et vent m'arrivaient en pleine face, poussaient dans mon gîte la fragance bousculée des géraniums rouges que je cultivais en caisses. Tentés par ma paix aérienne, des amis vinrent se poser au bord du même toit, s'y plurent, s'y ennuyèrent, reprirent leurs voies incertaines. A travers les portes minces, marquées de chiffres, filtraient leurs parfums personnels et reconnaissables, l'odeur de vieux feutre que propageaient les whiskies de cinq heures, le puissant et indiscret arôme de l'opium d'après-minuit... J'eus là plusieurs variétés d'amis : des inquiets, des dissolus, des laborieux ; tous furent merveilleusement attentifs à se taire et à s'enfermer, comme si leur silence était la plus belle réplique qu'ils pussent offrir au silence de mon aire.

Déménageant avec une fréquence relative, ai-je fait autre chose que donner à mes appartements successifs des marques de regrets et d'attachement, et les preuves réitérées que j'ai le caractère casanier ? Pourquoi déménager, dites-vous ? Et pourquoi ne pas déménager, s'il vous plaît ? Il y a beau temps que je ne cesse d'habiter mes fiefs vingt heures sur vingt-quatre. Dans le même laps, lecteurs, lectrices, vous passez dix heures hors de chez vous, encore rentrez-vous de mauvaise grâce... Quand sonna, pour le Claridge, l'heure d'une désagrégation qui secoua tous ses services et refroidit ses fourneaux, je ne dépasse guère la vérité en disant que je nouai mes meubles dans une serpillière et que je sautai par-dessus l'avenue des Champs-Elysées, où le côté impair me reçut dans un huitième étage, tout crème à la vanille et épingles à cheveux.

Il était juste que j'allasse goûter, comme par provocation, ce que je ne connaissais pas encore, ce que je souhaite ne plus connaître jamais, je veux dire la décrépitude foudroyante qui frappe certaines constructions rapidement élevées, et que j'en fusse punie.

Je n'eus pas à attendre longtemps les résultats de mon outrecuidance ; un courant d'air, en fermant à la volée une porte du deuxième étage, lézarda mon mur au huitième, du sol au plafond. Après quoi mon voisin de palier entra et me confia avec une épouvante résignée que le toit-terrasse était en train de descendre dans ses bureaux. Peu de temps après, une nuit, vers trois heures, je m'éveillai en sursaut et pris pied dans trente bons centimètres d'eau qui couvraient le plancher. Dans la salle de bains, déjà navigable, la chatte réfugiée sur un récif de porcelaine appelait l'arche de Noé. Puis le premier orage de juin entra tout botté de grêle en brisant les vitres, et arracha de leurs cadres les châssis des fenêtres.

A tant de signes, — et j'en passe — je ne doutai pas que le nouvel appartement fût un gîte pour rire, encore qu'il m'offrît des occasions de pleurer. Aussi ne fus-je pas assez sotte pour le prendre au sérieux. Je pris le parti d'aimer un stage qui ne pourrait pas être bien long. J'aimai l'escalier de bateau, vibrant au vent, qui nous menait à la grande terrasse, la chatte sur mon épaule, la bouledogue à mon poing, pendue par la peau du cou. Un observatoire magnifique, là-haut, nous consolait de tout. Nous regardions l'horizon s'émouvoir et venir à nous, les nuages gesticuler, les rideaux majestueux de la pluie s'avancer sur Paris ; la foudre fondait un Sacré-Cœur en sucre et le dos verdâtre de l'Opéra... Et par les nuits d'étoiles l'odeur de l'été parisien, gazons meurtris, fontaines vaseuses, montait lentement jusqu'à nous.

Vingt mètres de balcons tant soit peu poreux, une terrasse en carton plus ou moins bitumé, une nichée d'ascenseurs, des portes que l'on pouvait démonter à l'aide d'un canif, — d'ailleurs on les démontait parfois, la nuit — le mazout de chauffage égoutté parcimonieusement, il ne faudrait pas croire que ces réalités fragiles n'admettent pas un certain fantastique. Venues, je pense, avec une provision de bois de chauffage, des « tiques » grosses comme des noisettes se promenèrent en tous sens, et la bouledogue ne put empêcher qu'un chapelet de tiques, comme autant de perles, ne se greffât sur le bord de ses oreilles. Jusqu'à ce que je l'en eusse délivrée, elle assuma une ressemblance, bien inattendue, avec Marie Stuart.

Par-delà balcons et passerelles, rien, de la portion visible des Champs-Elysées, ne m'a guère semblé plus authentique qu'un songe. Aucun détail ne m'a promis de durer, ni de me retenir. Vingt petits malheurs vifs et animés m'ont, là-haut, tenue en bonne humeur, y compris de grands spectacles tels que défilés, parades militaires, funérailles nationales, chenilles de foule à mille pieds, gâteaux de fleurs et couronnes... L'émeute elle-même en ses premiers éclats, j'ai pu croire qu'elle se réduirait à des geysers de verre pulvérisé, où rouait fugitif l'arc-en-ciel.

Un jour qu'au sortir du tremblant building je prospectais, avenue Montaigne, un local dit avantageux, je pris peur de sa « réception » à caissons Renaissance, de ses doubles portes en moleskine, de sa salle à manger pour cercle de province, de sa salle de bains aussi mauve que *Le Rêve* d'Edouard Detaille, et je m'enfuis pour buter dans un autre panneau mieux appâté. Il s'agissait d'une occasion avantageuse, — encore ! — place Vendôme, dans le toit, à l'étage mansardé dont les fenêtres ressemblent à des pendules. O rêver au-dessus de l'embouteillage des taxis, nonchalamment accotée à une pendule ! O Napoléon à toute heure, son petit jupon et son laurier !...

Un sursaut de bon sens m'emporta dans le moment juste qu'un modeste miracle faisait, vers moi, la moitié du chemin et m'ouvrait l'appartement de Gustave Quinson, celui-là que j'avais attendu dans le « tunnel ». Est-il besoin de dire que j'y courus ?

J'aime à penser qu'un sortilège conserve, au Palais-Royal, tout ce qui périclite et dure, ce qui s'effrite et ne bouge pas. Pendant mes dix années d'absence quelques « nouveaux » ont emménagé rue de Valois, rue de Montpensier ou de Beaujolais. Ceux qui montrent de sérieuses aptitudes à s'incruster prennent vite les bonnes manières, échangent le bonjour sans insistance entre voisins, remplacent par le dialogue en plein air les visites à domicile. Ils savent que les restes, — quand il y en a — se partagent entre les animaux indivis, et que les miettes des restes sont pour les oiseaux. Ils se soumettent à nos us agréables ; face au soleil, le dos à un pilier tiède, une chaise en guise de table et une tasse d'infusion en guise de thé, nous savons faire salon dans le jardin, discrètement. Vous qui avez comme moi choisi d'habiter ce beau lieu, formez-vous à son protocole.

Je vous guide à travers la seigneurie retrouvée. Si vous l'habitez, gagnez-y vos grades à l'ancienneté, les seuls, ici, qui comptent. Soyez-y la dame qui s'aide d'une canne, le monsieur qui cultive de petites cactées sur sa fenêtre, le monsieur matinal qui fait son tour de jardin en sandales de paille. Vous n'aurez guère d'autres noms. Un jour, peut-être qu'un petit garçon du jardin vous mettra gravement dans la main une de ses billes. Peut-être qu'une dame vénérable et cérémonieuse vous fera hommage d'une « Ode à Victor Hugo » dont elle est l'auteur... Gardez-vous de mépriser ces apports muets et un peu mystérieux. Ils sont la monnaie d'une courtoisie réciproque et signent vos lettres patentes de citoyens du Palais-Royal, village dans la ville, cité dans la cité, que le hasard une seconde fois m'a donné tout entier.

Voici venir la femme encore jeune, brune aux cheveux blonds, qui se promène professionnellement. Elle n'est pas la seule. Une fois elle m'a demandé un livre dédicacé : « Lequel voulez-vous ?

— Je voudrais le plus triste », répondit-elle.

Il y a dix ans passait et repassait sa devancière, qui n'avait ni tant de modestie ni tant de sociabilité. La vigueur même de son contour montrait bien qu'elle perpétuait une race ancienne et sur ses fins.

C'était une haute et robuste vieille dame, qui se disait comtesse authentique et ne faisait pas mystère de ses soixante et onze ans. Elle se façonnait en hiver des houseaux de papier journal, assujettis par des ficelles. Mieux que d'une courtisane, ses manières étaient d'une campeuse ; on la voyait s'ablutionner de bon matin à la prise d'eau du trottoir. Et si vous en manifestiez quelque étonnement, elle vous souriait de ses yeux magnifiques, sombres et bleus comme le saphir.

Où sont tous ces anciens promeneurs des arcades, nés de la nuit, rassurés par elle ? Où, l'homme grand, gris, dont le visage blanchâtre paraissait enduit d'un maquillage étrange, à moins que ce ne fût d'un mal farineux ? Il cherchait l'ombre des piliers, et je n'ai jamais su quelle sorte d'espoir ou de vice il pouvait nourrir.

De temps en temps une ville comme la nôtre voit son écume se résorber, ses mofettes déplacer leurs poches fétides. Paris brusquement se vomit, dissout une part honteuse de ses attraits, mêle à une chasteté inconstante des vertus tenaces. Le chemin le plus foulé du Palais-Royal mène à Notre-Dame-des-

Victoires. C'est une église où, comme à la fontaine du village, toutes les soifs vont boire. L'écaillère relève un coin de son tablier bleu et fait visite cinq minutes, en voisine, à Notre-Dame. Le garçon livreur grisonnant pose son paquet, allume son cierge, se signe et sort. Personne n'a scrupule de donner à la Vierge couronnée un court loisir, une oraison accélérée. Une mince jeune femme est assidue, prie le visage dans ses mains : c'est Gaby Morlay, qui vient d'un lointain quartier accomplir une neuvaine à son église préférée.

Le temps de marcher deux cents pas, de couper au plus court par la « clinique des cravates » et un bout de la galerie Vivienne, et je plante comme tout le monde une petite flamme sur une épine du buisson ardent. L'église est chaude de suppliques, de cierges et de gratitude. Entre les offices le silence y est grand, mais chaque pierre est gravée, et parle. Que de cires et de larmes !...

Pendant que j'écris, les hirondelles sifflent et proclament sur le jardin leur récente arrivée. Elles ne pensent pas qu'elles repartiront à l'automne. Et moi ?... Je suis bien loin de souhaiter un départ. Ai-je encore affaire, quelque part dans Paris, avec le plombier et ses suppôts adolescents, les papillotes de bois frisées qui s'échappent du rabot, les clous dit « cavaliers », l'ourlet du rideau sorti, l'ourlet du rideau rentré, la valse chantée par le peintre, l'« où suis-je ? » du premier réveil ?... Tout me retient ici. Mais l'hirondelle ne sait pas qu'elle partira à l'automne. Pourquoi passerais-je, en sagesse, le plus migrateur des oiseaux ?

TABLE

Bella-Vista :

Bella-Vista 5

Gribiche 71

Le rendez-vous 113

Le sieur Binard 157

Trois... Six... Neuf... 167

ŒUVRES DE COLETTE

La Maison de Claudine.
Les Vrilles de la Vigne.
Le voyage égoïste.
Sido.
Ces plaisirs...
Prisons et Paradis.
La Jumelle noire (4 volumes).
Duo, roman.
Mes apprentissages.
Le Toutounier, roman.
Bella-Vista.
Gigi.
Le Fanal bleu.
L'Ingénue libertine, roman.
Douze dialogues de bêtes.
La retraite sentimentale.
La Vagabonde, roman.
L'Envers du music-hall.
La Chambre éclairée.
Chéri, roman.
Prrou, Poucette et quelques autres.
L'Entrave, roman.
Les Heures longues.
Celle qui en revient.
Rêverie de Nouvel An.

Mitsou, ou comment l'esprit vient aux filles, roman.
La Paix chez les bêtes.
Aventures quotidiennes.
Dans la foule.
La Femme cachée.
Le Blé en herbe, roman.
La naissance du jour.
La Fin de Chéri, roman.
La Chatte, roman.
Discours de réception.
Chambre d'hôtel.
Journal a rebours.
Julie de Carneilhan.
Le képi.
Mes cahiers.
Trois... Six... Neuf...
Broderie ancienne.
Nudité.
Paris de ma fenêtre.
L'Étoile Vesper.
Belles saisons.
Pour un herbier.
Trait pour trait.
La Seconde.

En « collaboration » avec M. Willy.

Claudine a l'école.
Claudine a Paris.

Claudine en ménage.
Claudine s'en va.

THEATRE

En collaboration avec M. Léopold Marchand.

La Vagabonde, pièce en 4 actes.
Chéri, pièce en 4 actes.

IMPRIMÉ EN FRANCE PAR BRODARD ET TAUPIN
Usine de La Flèche (Sarthe).
LIBRAIRIE GÉNÉRALE FRANÇAISE - 6, rue Pierre-Sarrazin - 75006 Paris.

ISBN : 2 - 253 - 05129 - 2   30/6684/2